KB022280

암흑향 暗黑鄕

암흑향 暗黑鄕

조연호 시집

민음의 시 202

민음사

또 한 사람 상망(想望)을 반복한 자에 의하면 앞둔 것은 앞선 것을 위한 썰물을 익혔다. 매 맞아 죽은 것이 몸을 열지 않도록 열(十)로 나뉜 장사(長蛇)의 양손은 말한다, 너와 같은 사람이 깨어나지 않아 배를 갈라 자기가 안겼던 품 안을 엿보길 희망한 자로 다시 태어나기 위해 배에서는 열 개의 보(褓)가 자랐다고. 또 한 사람 입을 뭉개 없앤 자의 설명에 의하면 입이 깨어날 때는 마술이 인간을 환시(環視)하고 사물로 돌아가 죽는다 하였다. 이 세계가 적음(積陰)과 관계했던 자의 박락(剝落)으로 채워진다는 걸 알고 난 후 이들 암수 모두는 '네 밑손이 시체를 해친다'고 외쳤다. 이 또한 종자(從者)의 등에 업혀 온 궐향자(闕享者)가 또 한 사람 번식기의 성난 목소리로 육부(六腑)를 훼손한 자의 묵적(默寂)에 의해 몸에서 알이 뽑히는 벌을 받는 것이다. 오래 긁어 만든 글자를 머리에 오려 붙이고 이들 암수가 자신들이 나온 구멍을 향해 서서 죽었다. 이가 곧 증해(蒸解)의 형벌로 흐느끼며, 또 한 사람 자기에게 적대적인 말을 시작한 것은, 머리를 삶아 먹는 사람이 '지상은 숱함을 잘 안다'고 말끝을 맺었기 때문이다. 괴인(怪人)의 유두를 물고 고대옥(古代獄)의 집전자(執典者)여 잠들어라, 먼 바다의 파도가 역겨우면 물결마다 사람의 목리(木理)도 뒤집히는 것이니, 길거리로 나와 설교하고 구워 만든 나를 쳐부쉈다. 번개는 취한 신처럼 항진하리라.

조연호

차 례

적(聻)

물드는 서쪽에 사람으로 구더기였음을 두고
할아버지들은 돌아간다 떨어진 씨앗이 내게 막대를 꿰던 날
죽어 또 귀신이 된 너와 만나 즐거웠다

언덕을 따라 억새풀의 꿈이 낮게 풀릴 때
양심을 기름지게 만드는 것으로라도
이대로 영원히 어엿한 날고기가 되어 있고 싶었다

내 찬물의 용무로 온 엄마에게
나는 당신 비린내의 용무로 왔다
한 철의 배설과 그것이 담긴 양동이를 위해 조용히 통을 때리며
이제 더는 원뿔의 색깔로 살을 찔러 보지 않겠거니
사람의 살찐 사탕수수가 내 앞에 설 수도 있겠거니
시선(視線)이 사방을 결심시켜야 할 차례였다

더러운 얼굴로만 깨끗한 얼굴을 닦을 수 있다는 걸 거기서 배웠다

하지만 형제들은 또 세간을 보며 자위하고 말았네
특히 사과들에서
정죄의 방식으로 돌아가고 있었네
단추로 깊은 바다를 채우면 밤의 옷깃이 떨어지고

지하에 갇힌 부인에게 남편이 크레용을 떨어뜨려 줄 때, 어둠 속에서 뭘 그리면 자기가 없어졌다는 것을 알게 될까? 전신(全身)이라는 영혼의 비계를 얻기 위해
입에 고인 침을 받들어 쓴다
이것이 거짓일지라도 저 신기루를 내가 믿지 않는다면 그 어디에 지옥이 있을 것이라고 믿을 것인가?
사과에 대한 이야기가 사지(四肢)에 곡을 붙인 노래와 섞이고 있었다

사람으로 물들던 구더기였음을 서쪽에 두고
할아버지들은 돌아간다 나는 다시 긴 긴 심령의 세계
다시 긴 긴 독서(獨棲)의 나날
존엄사(尊嚴死)의 발끝으로 그림자 머리를 눌렀다
어떤 의미로 외침은 늘 청각 뒤에 있었다

귀신으로 죽어 또 귀신이 된 너와 만나 즐거웠다
악기와 귀를 모두 깨 버리고
목신(牧神)에 기대어 조용히 미쳐 간다

시

헤엄을 멈추면 숨을 멎는 회유어(回遊魚)처럼
밥상 앞에서 괜히 먹고 있는 사람처럼
시는
애교가 없어 불행하다

바다를 창틀에 눌려 죽게 하는 관조의 천박으로
시는
물결이 흔들어 버린 우리를 책망치 마라 너는 수면에 한 장의 수의(壽衣)를 씌우고
마지막 하루를 촉점(觸點)이 없는 것에 비유하는 법을 배운다

서서히 낡아 가는 것은 자신의 비행이 아니라 허공일 뿐이며
인간의 생각 위를 잘못 내려앉아 부러지는 다리가
철학의 일부일 뿐이라고 착각하며 시는

다급한 변의(便意) 속에
신이 되려는 매일의 나를

물과 함께 내려 버렸다

구름으로 꾸짖고 난 후의 양 떼는 질고
그건 너희 저녁에 물이 없어서란다, 어느 편의 밤에게도
판단을 가지지 못하게 했다

나의 선대는 남의 슬픔을 가져와 그것을 어린애 모양으로 만들어 파는 종족이었다
'우신(牛腎)에 매달려 목가(牧歌)는 청량해지고
이것이 우는 이유는 이것을 울릴 사람이 가 버렸기 때문이다'
그들이 남긴 모든 부분의 강청(强請)엔 지상을 건넌 지하의 허약이 있었다

밤을 우려낸 이 침실을
밀밭의 가라지로 덮으며
맞은편 물이 짐승의 발을 좇아 깨끗케 됨을 보고
가로되 이는 피라, 자신에게 길고 긴 어버이를 꽂았던 것처럼 시는

나 역시 눌러 어둠을 터뜨릴 것이다
타인의 결심에 칼을 꽂아 달라던
그날의 박력 있던 병명(病名)도
이제 다시 묵도(默禱)로 돌아가고자 한다

무영등(無影燈) 아래

절임을 씹는 그 밤은 따뜻했다
엄마의 피투성이 채소를 씹는 밤은 따뜻했다
포자의 밤 던져진 돌에게로 나는 떠오르고
경건이 뭔지도 모르는 이 기도가 나를 담임하고 있다
내겐 진짜 대자연이 아래층에서 비닐봉지를 쓰고 기다렸다
양초 옆에 엎드린 파라핀인 걸 긍지 삼던 밤에
거세된 소녀의 꿈은 강복(降福)하다고 말할수록 부랑하게 후퇴하는 숲
창백하게 절임을 씹는 그 밤은 따뜻했다
아름다운 미아의 모습을 하고 꺾어 따 낸 꽃에게로
버러지는 정중히 헤엄쳐 간다

누군가는 몰래 자기를 때리는 아이로부터 백치를 가져온다고 믿었다
노을 지는 역천자(逆天者) 건너 너의 발길질
시서(詩書)를 익히겠다며 관악기부터 사 온
아버지는 어째서 취미가 지옥인가
차라리 허기지도록 소원의 1절은 너덜너덜 늦게 온다

절임을 씹는 그 밤은 따뜻했다
나를 고소 취하하라고 외치는
여기 삯일을 베푸는 새댁의 간통자가 있다
상처에 서캐를 뿌리며 물결로 너희를 밟아 죽이리라던 신의 담장 밖
다감한 작업장은 창밖을 대패로 밀어 버렸다
누운 나무가 목관(木棺)의 얇은 춤을 추도록

팔베개를 하고 잠들면 입 안이 까맣게 익는 것은 좋았다
젊은이가 다리 사이에 잎사귀를 붙이고 거니는 것은 좋았다
자기 주검을 긁개로 만들어 채탄장 깊이 파 내려간
한 시기의 무영등(無影燈) 아래
부침개를 부치게 해 다오 아니면 고요히 들떠서 처녀의 낱말을 집어 다오
두 눈에 기저귀를 씌워 주던 그 밤은 따뜻했다

잘 구겨진 함석지붕 위 어린 전령병의 군악(軍樂)이 울린다
사라지려는 반 척의 배에 몸을 묶고

몰래 숟을 미는 밤은 따뜻했다
짝사랑을 노새에 가득 채우자
더 늦게 성에 눈뜨는 손 모양으로
여기 지혜의 도구가 된 몽둥이가 있습니다

대개 손짐작으로 열차가 발착해 왔다
나와 한 해를 지내고 마른 모유(母乳)는 내게 기사 계급을 수여했다
태어난 아기도 적이 찌른 낯짝의 업적을 저토록 잘 이해하고 있는데
소금에 머리를 재운 밤은 따뜻했다
절임을 씹는 그 밤은 따뜻했다

풍등처럼 날다

다시 협동조합이 되려 한다 불 밝힌 곳에 의무실을 두고 온 나는
가뢰를 모아야 할 통에 부상병을 가두고 밤을 작목하는 것이거든
재회의 반대편 손상된 것 속에서 선(善)의 가장 큰 고민과 겨뤄야 했거든
성가 합창 구절마다 마부들이 자기에게 고삐 매는 걸 구경해야 했거든

더는 메아리로 말할 수 없는 어두운 천장을 수레에게 허락하고
종막에서 출발하여 서곡은 이 밤을 늘어진 나귀가 되게 했거든
독배를 눈에 부은 자가 자기 없는 밤에 나를 만발하게 했거든

키클롭스가 맞이한 인간의 동화가 그의 눈에게 의미했던 바처럼 밤의 격랑쯤은 환호로 여기며 조각배를 저어 가던 포란장(抱卵場) 한가운데, 얼굴은 알을 낳고 돌로 자기

를 덮어 주지 못한 서커스를 안타까워했다, 영원히 죽어 꿈꾸는 이 살인귀의 잠이 난민의 레몬이지 않았다면 영원히 살아 꿈의 불능자가 된 자를 빨아 모으는 꿀벌로부터 눈앞이라는 결혼비행이 이토록 달콤해질 수 없다는 걸 몰랐어야 했거든

그리하여 발등으로밖에 미아(迷兒)는 더 많은 선물을 수호하고 있지 않으리, 그러므로 나는 곡예의 비참함이 아니며

켜의 나

초벌의 저물녘에 손을 데인 짐수레꾼의 무아경이게 해야 했거든

음악 대신 만년(晩年)을 불러 버린 가수를 사랑하느라 오늘의 손톱 길이를 멀어지는 창에 견주어 본다, 길짐승 몰이 속에서 내게로 오는 기적적인 남자들이 아내에게 바칠 검정색을 낳을 때마다

풍등처럼 날았다

갈라진 발가락을 향해 사냥 나팔을 세우고

애도 속에 나의 돼지 목동이 늙어 갈 때

풍등처럼 날았다

안 저물지도 모르는 저녁이 떠 있거든
밝아질수록 별 사이의 내가 하찮거든
황금 행세를 하느라 내 안의 간질 병자가 앓을 수 없었거든
그러므로 오늘 밤을 향할 별의 방향은 오늘 밤을 선동할 맨발이 아니며
볏의 나
고기에게 팔베개해 주고
쓸쓸함에 손을 물어 버린 그런 복잡을 통과한다

전원과 뒤섞이는 근절충(根切蟲) 회당에서
'음악이 너무 커서 앞이 안 보입니다'라고 맹인은 말했다, 착암기의 깊은 저음에 매료된 계단은 '안아 주세요 접종일에'라고 말하고 나를 아래로 밀어 버렸다
풍등처럼 날았다
깊이를 포기해 버린 전날의 모기장에게로
한복판이 헝클어져 버린 처녀의 눈에게로
장식된 옷을 입은 조상보다 벌거벗은 조상에 대한 생각을 더 많이 해야 했던

틀림없이 인종(人種)의 부엌에 대한 나의 추종이 자명했거든

놀이터를 떠나지 않는 계절에 이끌려 모든 계절이 요절 밖을 기어 나왔거든

이 개화(開花)는 암술이 꽂힐 때마다 지평선이 끊기고

평등의 악취를 가장 투명한 티끌에 비춰 봐야 했거든

귀축(鬼畜)의 말이 우리를 의붓되게 하는 자로서

부모는 일기에 나에 대해 더러운 말을 쓰고 잤다
비벼 끈 무릎에 다시 불을 넣고
돌아가는 팽이의 눈을 생월생시로 생각하는 사람은 아직 있다
머리가 부서진 작은 기독상(基督像)을 암수로 나눠 품고
밤의 무익함을 익충의 길이로 재 보는 것에게도 악명은 있다

진리 같은 걸 생각하면 살에서는 젖은 깔개 냄새가 났다
그들 역시 종형제(從兄弟)된 자의 외로운 설득에 들떠 있었다
하상(下殤)의 머리를 뚜껑으로 막아 놓고 창밖이
내 안의 벙어리와 귀머거리를 만지도록 허락한다
물체가 입을 열면 청지기들은 울 것이다

내 솜씨는 나를 또 한 번 손에 이어 붙이는 것이 고작이지만
죽은 자의 솜씨는 신을 평면으로 만드는 것이 고작이었다
엄마는 다른 남자에게 나에 대한 더러운 고백을 하고 잤다

태풍이 오고 이미 온 것이 이미 오고 있다고
각 문마다 적령기를 가르치던 일
헛걸음과 헛걸음 사이 근육이 생긴 여자애들은
개미굴을 쑤시고 태풍이 오고
땅거미가 덧문 밖에 많이도 쏟기던 해를 그냥 지나친 적은 없었다
우리를 의붓되게 하는 자로서 한 조각의 별이 더 얇은 천으로 의붓되리라
하지만 내게 달린 여성은 아주 작아서 버려야 할 신체조차 되지 못한다

부모는 일기에 내가 한 짓을 숫자로 적어 두고
점점 복잡해지는 수식을 풀기 위해 주무시지 않고 계셨다
똥내 나는 바닷가 혹은 푸른 결혼 뒤
당신은 음료를 들고 와 목마름에 정당해졌다
다음 숫자엔 태풍이 오고
머리는 가로세로가 없는 추락을 시작합니다

지금은 나의 전신(全身)이 영혼 위로 떨어지고 있으니

두 눈이 무두질하는 먼 곳이 털과 기름으로 뽑히고 있으니

다음 역(驛)을 참으며 충치를 흔들었다

낭떠러지 가까이 육고기가 나를 찌르는 병원을 기다렸다

적(聻)

몸에 지니고 다니던 우물로 달을 비추면 악마도 여자 곁에 조용히 서 있을 뿐이라는 이야기를 들었다, 가장 심한 형벌의 달궈진 쇠붙이도 별의 성취만큼 오지(奧地)로서의 경건을 잃지는 못했다

'문독(文毒)을 새 단장하기 위해

실연자(實演者) 형식 그대로의 눈 하나를 뺀

목격자 형식 그대로의 눈 하나를 뺄 권리와 싸우고 있다'고

아랫도리마다 종이비행기를 접어 두고 왔었다

볶음이 되어 주시지요, 난폭한 종이로 둔갑한 인물에게 참기름과 깨를 바르고

달의 절반을 자필(自筆)로 채운다

부끄러움 없이도 아아 너는

고등어를 가지고 언니와 다퉜다

부빙(浮氷) 몇 줄의 강은 지금은 빨래가 안긴 밤의 구(球)

용감한 젊은이는 약혼녀를 습격하는 한 송이로 분(扮)해서

영구치로 얼굴을 긋는다, 비뇨기를 슬기롭게 하기 위해

아이는 살이 가진 선(善)을 믿는다

적어도 반대와 반대의 반대를 구분하지 않는 남자이기

때문에 애인은 기뻐했었다
저무는 통성명(通姓名)의 시대
씻고 떠난 자를 무척 사랑하여 개숫물을 끼얹는
과두정의 밤
손녀가 서서히 미쳐 가는 걸 할아버지는 깊은 존경을 갖
고 지켜봤다
'밤의 글자는 묵등(墨等)의 시(詩)다
그 뜻에 따라 정전(停電)이 왔다'

귀축(鬼畜)의 말

다가오는 밤은 이승이 있었던 밤과 철학하기를 원했다

만약 지극히 긴 것이 내게서 자신 전부를 요구하고자 한다면 나는 신의 경건만큼 입으로 범사를 흘러넘치게 할 거대한 지옥이어야 한다

책이 나를 절독(切讀)하는 것은 선한 자에게 회답 모두를 집어넣고 복독자(復讀者)가 된 자의 타율(他律)에 불과하다

숙부드럽다는 말, 정미롭다는 말로 사람은 아직 자기에겐 없는 불능이 얕은 물가에 무리 짓는 성기 가리개처럼 보였다
소담집(笑談集)의 말, 근정(謹呈)의 말로 바람은 활고자 묶음처럼 그곳 사람 대부분의 고향을 발가락 빠는 징벌방이게 했다

미천한 불은 '구혼자에게 소금을 얹어 두고 왔다'

망명도 여적(餘滴)도 심지어 범벅도
안 되는 날

유아기 어디쯤과 코의 길이를 겨뤘다

죽은 사랑에서 기어 나올 흉수의 음성이 머리가 몇 개 달린 수문장인지 짐작도 못 하며

옥외 변소는 '정충에 찔린 자의 고독을 안다'

아름다움은 자신의 귀족을 위해 이런 식의 긍정을 선택해야 할 것이며
한붓그리기로 가능한
타의적인 엄마란 없기 때문이다

트로이인의 석양

꽃바구니를 분전기(奮戰記)로 만드는 이 전쟁에서
나는 아직도 좀을 간직한 노을을 닦고 있다

그런 날 미망인의 미소는
하루 지난 고기 색이었다
색시 인형을 만지다가
걸쇠를 어둠에 걸다가
일보(一步)의 침이 흐른다

떡 떼던 자에게 '지린 짐승이 별자리를 걷게 해서는 안 된다'고 했지만
허공에 암초를 띄우고 죽어 항행하는 그런 것
나는 트로이인이 마주한 것과 같은 석양은 알지 못한다

임자는 자기 방석을 되무르는 것이요
종자는 방석을 자기에게 물려주는 것이니
할아버지의 일몰은 지금껏 먹어 온 젖으로 발라 구운
친아들을 수퇘지와 혼인시킨다

매일 밤 천장을 향해 촛농은 알 자루를 쥐고 진심으로 새끼를 털었다
문칠 생활을 그치자 초는 아물고
바다를 여러 겹 접은 허벅지가 쓸쓸하게 망설이긴 했다
그리고 그로 인해 고백이 혼백을 이길 수 있는 가능한 모든 피부색이 사라졌다

너는 썩은 양젖처럼 피어 있었다
귀신을 가르면 나방이 날아와 눈도 노리겠지
상사몽에 감동하는 멀미 봉투를
오직 순결만 불순을 그렇게 부를 수 있다는 걸 몰랐던 그런 멋진 세상을 버려두고
친구들은 반드시 내가 살아가는 세상으로만 자살하러 왔다
하지만 나는 당신 창녀인 이별과 맺어져 홀로일 순 없다

고기에 고기를 꿰는 십자수를 하는 사람이
창밖에 자기 발을 묶고 즉위했다
발굽을 안고 남편이 주옥같이 사라졌다

고막을 닫고 평생을 밀치는 버러지가
고요를 쳐서 약간의 침묵을 얻는다는 것을 안다
양젖이 피어 있었다

파묻힌 머리는 이날로 하여 아궁이에 낳을 자에게 답하고 솥 거는 자의 손에 누에를 받쳐들고 오게 했나니
생고기로 치대어진 달과 함께
그가 맡은 석양이 위대한 백치국가로 건설되고 있었다

삭과(蒴果)를 던지자 아주 간단한 음경이 떨어져 내린다
수수깡을 모든 학당(學堂)의 키만큼 꺾고
이따금 전날은 토막의 크기
그저 눈동자가 흔들리는 대로 솟구쳐도 좋으리라던 아이의
병신새끼 같은 그리움도 의젓하게 화장을 고치고 있었다

강이 강에 뛰어드는 두 계절에 '이름 모를 적(敵)이 왔어, 회상이 왔다'
수은을 바르러 매일 밤 거울 뒤편으로 가는 그녀들께
천장을 구겨 넣자 '주려 죽임이 왔어, 회상이 왔다'

갈변(褐變)에 얹혀 경건이 왔어! 원수가 왔다, 개로 변한 여자로부터 소금 절인 나에게까지, 이 잔 마시기를 거부하고 화음(和音)에 꿰인 여러 쌍의 발로 찬가를 외치셨다, 꼬챙이를 대신하여 가라앉은 물밑을 훼방하고 무척 자기를 잊으셨다, 바람이 우리 등을 겨냥해 불어올 때 회상이 왔다, 광독(鑛毒)으로 채워진 지옥에 돼지를 풀어놓은 그날의 애인의 거부는 반드시 위대했다

생모가 영원히 걸러내진 곳
어쩐 일인지 너는 허공처럼 양말 속을 덮어 가고 있구나
고무줄로 감아쥔 기분
빵덕어멈이 된 기분
식변(食便)하며 너는 모든 행인을 요절내고
거센 물과 거룻배를 흥정해 주고받은 뱃사람들에게만큼은
푸르른 고기젓이 우러나고 있었다

그해 아버지의 축구는 비듬처럼 희게 나풀거렸다
아기는 죽여야 한다고 속삭인
그 남자의 풀밭

여름의 기백

오줌통 위에서 순혈을 깨우치는 저녁
괴물이 더 위대한 괴물 밑의 도제살이 끝에 죽고 말았다는 풍속사의 저녁에
바라보던 석양이 벽공(碧空) 특유의 군더더기인 건
떡을 던져 준 행인과 투서가에게 같은 기다림이 오고 있어서이다
묽음은 반드시 붉을 것이다 정육 빛 도마 위에
자기 얼굴이 어슷썰기 되는 걸로 교양을 견딘다

그런데도 엄마가 잘 가라는 인사를 하러 오지 않았다
그런데도 열린 내 배의 단추를 채워 주러 오지 않았다
사혈기(瀉血器)는 고요히 귀항하는 배를 향해
가장 안전한 존속살해자의 등대를 켠다

축력(畜力)을 다해 손거울의 깊이로 자궁겸자를 집었던 오늘
내가 하지 않은 모든 인명(人名)을 나의 물이 했기 때문에

방귀제거약을 삼켰다, 회상이 왔어! 남신(男神)을 부끄러운 실뭉치로 감싸고

거웃이 멎어 버린 사람들이 가장 웃겼다 특히

매춘한 어버이 대신 자식이 매독으로 죽는 백치의 풍토기(風土記)가

산곡인(山谷人)의 기름 부음

산곡인은 문 뒤편이 벼랑을 겪는다고 표현해 왔다
긴 주둥이를 가진 자손들은 혀를 넣을 틈새에 대해 더 없이 회유적이었다
못질 뒤 고요히 진부해지는 불우한 이 거지로는 허공을 저물게 할 수 없다
인간을 눌러 짠 감람유로 개의 저녁을 저물게 할 수 없다

이미 선율적으로 패배한 남녀의 사랑을 튼튼이 수선하던
그의 뿔피리 시기
서사시에서는 부모를 정화한 자식의 뱀이 쏟아지고
그의 호롱불 시기
고무줄로 돌을 당겨 새와 새 사이에 요람을 쌓아 가던
그 곱사등이 병실도 아마 나처럼
검은 리본을 맨 자기 초상화를 오래오래 극복할 것이다

바라본 것보다 물상(物像)이 더 삐뚤어져 있는 것을
산곡인은 어버이의 분뇨가 아이의 강보를 감싸는 것이라 표현해 왔다
좋고 나쁘고 명확하고 애매한 모든 것에서 유리되기 위해

외딴 꼭대기는 한층 더 극복된 얼굴로 죽어 있었다
그런 이유로 낱은 길다
더러운 악천후를 몸에서 지우느라
곡녀(哭女)는 길다
뱀은
신의 물건이 벗겨지지 않도록 다리를 없앤 것이라고 표현해 왔다
그런 이유로 맷돌 반 바퀴가 돌아간 곳이 있다
발을 깨물고 천장은 잡채가 돼 버렸다

'어떤 물결을 향해 힐문을 적고 있는 것인지/ 너무 오래 갇힌 바다가 덧문을 넘고 있다'
고대의 시를 인용하며 그녀가 보내왔다
살아 있는 게 살아가게 한다고
자기의 천성이 현미경 안 짚신벌레 곁에서 울고 있다고

그러나 산들바람은 무척 기분 나쁘고

그 아래 더러 너는 헤엄을 쳤을 것이다, 접영 배영 그리고

보폭을 가져 보지 못한 고요한 익사를

아무도 누군가가 되지 않는 이 모서리에서
청부인(請負人)은 죽을 자를 회상하고 나서야 비로소 죽은 자를 고른다
개숫물 위 양초 증기선의 힘으로라도 조금씩
물결을 향해 박수를 치며 고인(故人)의 몸이 나아간다

그러나 속애(俗愛) 비옵는 자는 무척 기분 나쁘고

산곡인은 여름이 딴 남자의 고환 같다고 한다
남동풍이 쥔 새의 뒷덜미는 굴뚝 속이 여전히 좋고
하늘에는 으깨진 무지개가 바구니 노릇을 하고 있었다
내 남자의 색깔 머큐로크롬이 닿으면
무미(無味)한 것이 좋아질 뿐이었다

우연히도 겁을 잃고 해 질 녘 남근을 만진 곳
남을 속일 수 있게 될 정도로 글을 익히자
부모는 그 후로 돈을 보내왔다

자기 몫의 비계를 작게 뜯으며
연상남을 애새끼라고 부르기도 했다

바다를 일으켜 세워 조금씩 꾸짖어 가며
다시 귀를 판다
머리 없이 일주일을 살 수 있는 곤충과 함께
여기 오랫동안 자신만을 위해 목을 못 가눈 광명을 해온 사람이 있다

그러나 황혼은 두 발에 묻은 오줌이 행복하고

산곡인은 속애(俗愛) 비옵는 자가
문턱이 할 수 있는 한 움큼의 발에 지나지 않는다고 표현해 왔다
거기 멀리서 나무 덩이로 쳐 죽이던 소리가 들려온다
밤 전체와 인성(人性)을 나눈 짐승의 모든 시도가
형제 살해라는 태고의 시가

아스테리아스 아무렌시스와

소동물(小動物)은 자기를 갈아 내린 살분기(撒粉機)에 구령을 붙인다
가장 추운 남녀는 아마도 증오로부터 그런 약점을 배운 것이다
환대를 자기 권역에서 피하지 말라고 강요하던 한 사람도
이웃을 고발한 여인을 자기에게 팔아 달라고 애원한 적이 있다

그들 글씨의 백묵 정도로 뼈는 잘게 부서져 있었다
오로지 네 잎 클로버의 불운과 일치해 버린
아마도 선행(善行)은 그런 추물(醜物)을 배운 것이다
'기억하지 못하는 꽃은 시들지 않고, 시들지 못하는 꽃은 기억이 없다' 시부(詩賦) 절(節) 끝은
그을 때마다 검어지기만 하는 성냥에게서
혼자 몰래 먹이를 주고받는 법을 배운 것이다

수레의 긴 가름대가 내 갈빗대를 쳤다
진디를 정성껏 비벼 놓고도 퍽 갠 오후라고
나의 짜장면들은 엎질러지면서 말했다

아스테리아스 아무렌시스와 함께
손끝으로 찍어 재간꾼의 초경(初經)을 맛봐 달라고 내게 요구하던
동종(同種)의 다리를 씹는다

밭작물에 흑인영가를 얹은 나와 같은 사람도
족지(足指)에 진눈깨비를 얹는 이소(離巢) 근방
상냥히 구령한다
무무인(武舞人)이 손에 일무(佾舞)를 엮고 간(干)을 치며
사람을 여의었을 때 두르는 나무를 자기에게 두르고
신발에서 친모 발광의 발을 꺼내 주지 않기 때문이다

누군가를 사랑하자 신벌(神罰)을 기대하게 되었다
대죄 참회식의 너는 막혔던 코가 뚫리고
박제사(剝製師)는 눈가리개를 씌운 무릎에 더욱 채찍을 쳤다

사후 배변을 한 할아버지는 딸과 아들이 섞이는 요강을 죽음 속에서도 부러워했다

아스테리아스 아무렌시스와 함께
늦은 날 모두는 입이 재갈로 채워진 무력한 공격 무기에
지나지 않았으니

태양을 만진 두 손은 큰 얼음 조각으로 자라 있었다
가장 추운 남녀는 견명(犬名)이 적힌 노을로부터
군주에게 내민 노예의 바른손을 배운 것이다

나는 장티푸스다

자신의 성에서 뛰어내린 막내에겐 무언가 하나씩이 시려지고 있었다

'나는 인간의 화관이 아니다, 나는 장티푸스다' 붕대를 풀어 버린 흙도 그 무렵 태양에게 새 걸레를 얻었다

줄기 아래 포도송이보다 붉게

조금 처진 혹에 매달리기를 원했던 막내는

지려 버린 바지 속에 세상의 모든 부르주아를 초대했다

목이 떨어지자

앵두의 블러썸

'어리석어진 머리가 흐린 날을 수려하게 했다' 떠도는 회전목마를 골고루 만지고

비틀리는 팔다리 속에서 막내는 행복하게 뉘우쳤다

사교의 아름다움에 가위 눌려 감참관(監斬官)에게 모두의 긴 장대를 찔러 두어야 했던 건

무채색의 이념이 어떤 높이의 노을이어도 좋았기 때문이다

나와의 일전(一戰)에서 다리를 곧추세운 진딧물이 자신의 마지막 금욕을 행하던 무렵

막내는 이 싸움을 정신의 유일한 건강으로 만들며

증폭기가 되었다
모두의 정원을 범하는 어루러기가 되었다
나는 장티푸스다, 그저 조용히 염병을 멈추는 것으로
나의 수조는 개탄과 실패를 모두의 식수에 흘려 버렸다
그러나 이 밤은 대낮과 입맞춤하는 아이의 키스와 경쟁할 수 없으리
여전히 쾌청이 자기를 괴롭히고 있다고 믿는 각각의 고름집에
시냇물을 퍼붓고
나는 장티푸스다, 발목 덮개가 계절을 위해 뭘 탈분(脫糞)하고 왔는지 더는 묻지 않았으며
육적(肉炙)으로 나를 살리겠다하였나이다 너는
배를 차이고 비명 지르는 돼지의 우울과 경쟁할 수 없으리
더 이상 여자들이 배앓이를 성 감별해 주지 않을 것이니까
나는 냉해(冷害)다, 싸움이 자기 전통마저 잊고 있다고 생각하는 단 한 명의 주인이 되기 위해
죽은 자의 배설마저 섬겼다

변종견은 미풍에 실려 오고

쥐젖처럼 눈이 내렸다
일꾼이 내 따뜻한 배뇨에 바지 길이를 맞춰 주었다
괴질(怪疾)의 바람이 적힌 종이를 비둘기 발목에 묶고 하루가 날려 왔다
어깨 위에 계신 당신들의 자정에 비하면 이 뒤척임은 귓바퀴의 전념에 불과할 뿐

제자리는 매우 서툴러서
돌 채집자는 가장 해로운 자기를 쪼개어 봐야만 결국
일그러진 안쪽에 안심한다

변종견은 미풍에 실려 오고
중보자가 부러지고 있었다
발꿈치에 불쏘시개를 넣고
나의 정원은 불멸성을 거부한다

우메즈 카즈오 선생을 펼쳤을 때 『입이 귀밑까지 찢어질 때』
나는 닭벼슬과 남겨지고 싶지 않다, 변종견은 미풍에 실려 오고

몰이꾼이 겨드랑이를 만지게 하고 싶지 않다

이때만큼은 신발 끈에 손을 넣고 지주(地主)가 운다
모두가 축복을 빌어 주며 '부끄러워 고개 숙인 사탄의 석상에' 라고 외친 그해에
그가 우는 것은 우리의 두려움에 노동이 없기 때문이다

유령림(幼齡林)처럼 눈이 내렸다
자정의 사포질 소리에 귀 기울이며
아이가 있는 배 안이 기분 나쁘다
변종견은 미풍에 실려 오고
젊은 엄마 속에서 과일 장수는 꿈틀거렸다

탐광자(探鑛者)의 아름다움에게로 초대하며
미끼 바늘에 입술이 뜯어진 이 한 마리
죽음의 천재성을 나는 이해한다

무롱(舞弄)의 아이들

조개에 빨려 죽은 동물은 멀쩡히 태양이 지는 곳을 가리킨다
남은 윗입술 반쪽으로

그날은 나를 두드려 펴려고
대장장이 엄마가 왔다

나무둥치가 미끼 벌레로, 벌레혹이 눈송이로 바뀌는 것은
사실은 고통에게 키워야 할 가축이 다양했던 것뿐이라고 여겼다

나의 춤 선생은 울먹이는 신발을 신고 벽으로부터 두 발짝 약진
사실은 바람개비를 바꿔 들고 도망 중이면서
새끼손가락에게 소금 결정 그리는 법을 가르쳤었다

죽어야만 비로소 사형집행인의 발밑을 쓸어 담는 사람은
그저 살아 있는 인간과 이어지기 위해 먼지와 맺어져 있다고 할 뿐

뿌려 둔 병신 꽃씨들이 하루빨리 층계 수를 착각하고 떨어지기를 기다린다

무롱(舞弄)의 아이들이 첫 발을 떼자 젖 빛깔이 먼저 떨어져 내린다
'숙야(夙夜)로 월각(月脚)을 만드실 분이 오셨다 하고 모두 뜻을 계승하여 앞발을 모으니 다만 오늘의 벼리에 담겨 서로 서삽(噬歃)한 이들 무리가 길을 버리고 잉도(仍禱)하도다' 누운 태양은
헌솜 같은 양손을 합쳐 내게 손뼉을 가르치고
읽을 수 있을 만큼만 글씨 밑의 바탕은 검었다

빌려 온 짐승은 두 개의 주어를 가진 이상한 문장이었다
카나리아에 비교하면 한 쌍의 눈은 물만 부어도 잘 크고
같은 쪽 발을 들 수 있도록 오른발부터 한숨이 지저분해졌다

여름, 눈금을 파낸 자리마다 물밑이 되는 것이 고작이었다
겨울, 놔두면 달팽이는 흘러가 자기 집에 고인다

여름, 내 나이쯤의 거인에겐 소인에게 맞은 흉터가 있었다
겨울, 눈은 겨우 광범하게 내리기 시작했다

사물이 필요로 한다

죽은 소의 성기에는 성스러운 모독감이 숨어 있는데
그 끝이 바람을 좇으며 항적을 잊어 가는 것도 성스러웠다
물에 대해 집념을 택했지만 이것 또한 낙면(落綿)의 즐거움이다
그해엔 부모를 물 아닌 여행이게 하는 데 사용된 아이 목이
강물에 떠오르는 걸 감상하며 느긋이 차를 마시곤 했지

악한 자가 고요한 집으로 유한하게 표현될 때, 국어사전을 덮고 그렇게 될 때
물짐승과 놀았다, 두 손 사이에 찾아온 첫 손님으로 여기고
머리카락 방향으로 쏘아 얼룩을 맞혔다
당신이 누구인지 안다면 악마에겐 다만 그것으로 충분하다

내가 이와 같이 화분과 기분을 맞추고 어느덧 초록인 전염병인 것처럼
내게 필요한 것은 진리를 나누어 놓을 도끼 한 자루뿐

첫날, 혹은 아침으로 꼬챙이 한 짝을 만들고 너는
만든 것이 나뉘지 않도록 모두의 눈을 찍어 주려는 것이다

사물을 필요로 하는 것과 마찬가지로 사물이 필요로 한다

할머니가 말했다, 태어난 날은 음수를 내림으로 계산하여라, 예를 들면
어미 잃은 새끼를 돌보면 나중에 자라나 은혜를 갚기 위해 자고 있을 때 찾아와 귀를 핥는다는 식
노을은 사람에게서 흩어지는 것을 내내 얻어먹고 있었다
그가 신인 이유는 언제나 자신에게 화가 나 있기 때문이다

골무를 끼우고 찔러도 천국은 반투명의 옷으로는 성숙하지 않았다
하지만 실패한 새가 내려앉아 자기 목덜미를 물어 버리는 건 역시 멋지다
왔던 곳으로 다시 돌아가기 위해 이념이었던 것은
깃털의 글자를 물고 가라앉는 사람을 위해서는 숭고였다

사물이 필요로 한다 신은 맑은 하늘에만 걸인의 물을 부었다

나쁜 아이가 마지막에 도달한 실천은 자기에게 달린 깨문 자두 한 알

결실에 대한 존경으로 굽어보며, 잘 여문 두 다리를 쪼갠다

세 가지 말

도제(徒弟)는 처음으로 빛을 넘어서기 위해 불을 어린 자녀에게 옮겨 심었다
각 편(編)은 그 정도 교리문답에 남겨졌으니
사실상 구걸이었던 책상을 다시 한 번
이마에 찍는 사람에게로

이들을 정신의 물질이게 하는 건 플라톤의 세 마리 말

모상(模像)은 별이 죽어 밤의 상태로 돌아가는 것

유품(遺品)인 나의 편력녀와 함께
벌레를 비볐던 문 뒤편
처형대로 가지 않기 위한 주문을 한다
— 거지를 흔들면 나도 조금은 좋은 사람이리라

보이는 것은 스스로를 따라서는 안 된다고 세 마리 말이 말할 때
내 손이 여름 숲의 길게 자라 벌어진 다리를 오므려 주었다

증명된 글자가 소리의 마지막 의혹이라는 것을 제외하고
삽화를 생략하면서 신에 한정되어 있음을 원본에 기록했다는 의미에서
아름다운 세 마리 말은 같은 필체로 동시에 울었다

정신은 잊혀지기 위한 논쟁들이다; 마시고 돌아다니심이 가장 아름다우시며
거기 털의 검정
신악(神樂)을 연주하는 악기답게
낮에 출현하는 자에겐 밤이 기거한 집이 담겨 있으셨다

두 말을 모는 한 마리 말인 자가 가장 늦는 말을 놋쇠로 지지면
사자(死者)가 같이 담기기를 기원했던 신이 담긴 그 물이 지껄인다
'나는 두 번 죽이는 사람이다
첫째는 내가 가지 못하는 장소를
둘째는 내가 부패하지 못하는 장소를'

밤과 낮 사이의 나는 무늬와 얼룩 사이의 나보다 적지만
다음 나라를 물밑에서 걸러 낸 것이게 하는 건 플라톤의 세 마리 말

모든 불평함 중에 동물의 어리석음이 평등하다
모든 사멸됨 중에 사자의 물건이 불결하다
모든 병 중에 성기를 손톱으로 찔러서였다

잡종지(雜種地)에서

제갑전몰지(第甲戰歿地)에서 어린 거울은 깨진 어른을 안고 주저앉았다
제을전몰지(第乙戰歿地)에서 그러나 뜻밖에도 수새처럼 지치고 싶었다

가족에게 침을 발사한 가련한 아홉 살
철로목지기에게는 '역사(轢死)하라!'는 말이 들려왔다
방상시(方相氏) 가면을 쓰고 중자(衆子)의 먹이가 된 어버이의 분비물도
자기 영토에서는 전속력으로 식은 태양을 빼앗겼다

어머니촌충이 태양을 등지자 자정에서 피가 사라졌다
그런 너희는 정말 알 수 없는 여인이구려
왼쪽으로부터 쓰이고 오른쪽으로부터 주장되는 글의 죄악을 다시 오른쪽에서 왼쪽으로 기울이시는구려
그런 나와 살해(殺害)의 크기로 만난다

낮게 쌓은 꿈을 들추면
긴 한 쌍의 발을 감싸지 못하고 있습니다

수세미로 밀어 타일러 달라고 친자식처럼 부탁하고도

그것을 정돈이라고 부르는 건 흑암이 무당벌레 위에서 비명을 지르니까요

제갑전몰지(第甲戰歿地)에서 밟아 짜낸 개흙도 맑은 침과 싸우라고 말한다

제을전몰지(第乙戰歿地)에서 잔바늘에 기생(寄生) 꽃을 꽂았다

여름 저편 손도끼를 들고

인간을 신성한 굵기로 만드는 저녁

병사여, 죽은 자의 꽃가루로 옮겨 다니는 주제에

나는 백합 같았다 양호실 담요가 덮일 때마다

수분(受粉) 막대로 목젖을 공격했다

쓸데없이 오래된 이야기는 다 외롭고

흑백으로 변한 그 미추를 알 수 없구려

식물의 검은 눈을 채취하는 날

물걸레 청소포보다 가벼워져서 두려움에 몰두한다

소독병 안의 생에게로 내일은 앞발을 들고 쳐들어오겠지 그러면

낭독가는 내용에 필요한 만큼만 시력을 잃는다

촛불을 들고 누더기 옷을 입은 그림자와 기수(旗手) 싸움을 한다

나 역시 몇 마리의 이와 함께 살을 길게 펼쳐 겨눴다

미채(迷彩)를 잃은 다음 날의 처녀로 병탄(倂呑)치 않기를 바라며

교활히 칫솔질하고 한 층 아래 낮아지고 싶다

그 꿰미를 위해 쇠로 찌르며 어버이를 기워 나간다

측엽(側葉) 최한월(最寒月) 조금 돋은 발톱에 가라앉을 때

너는 쓰지 못하는 사람에게 연필을 팔고 있었다

희고 맑은 이질(痢疾)에 감긴

물 밑의 연(鳶)은 아름다웠다

적(聻)

거짓엔 진실을 비추기 위한 인색함이 있다는 생각과
목이 없는 몸이 아름다운 신화 속에서 살고 있다는 생각 사이에는
기나긴 용기가 있다, 그 머리가 몸을 찾으러 다니다 결국 음악이 된다는 생각 사이에는
혼인색(婚姻色)으로 빛나는 분비물이 있다
아이의 숭어리가 벌어지는 밤에
자기 안에 자란 정온동물에게 갑옷을 씌우고
어버이는 다시 홈통의 온도로 흘러내렸다

물에 빠진 자보다 더 아래 그것을 건져 올릴 자가 살고 있다고 믿는 사람에겐
앎이 아궁이에서 피어오르고 있다
그가 준 것 혹은 그에게 준 것 혹은 이곳을 저곳으로 여기는 일이 반복인 것 혹은 저곳을 이곳으로 여기는 일이 분류인 것, 그 모두가 성별이 다른 성병이라는 생각 사이에는
아무것도 트림하지 않는 이 방의 생모(生母)들이 있다

귀신에게 채소를 바치고 잎의 마지막 무늬 앞에서 눈썹을 다듬는다
한 아이가 '고통은 외설한 것'이라는 말을 반복하지만
물체일 동안은 없는 것에 의해 상처난다
벌레 구덩이에서 만화경까지 두 손 사이에서 연주되는 게 슬픈가 상한 비파여
어버이는 다시 고아원에 보내질 텐데

여름의 거인은 부서져 내리는 배의 고물로 채워져 있었다
그것을 순번 없는 창문이라 부른 것은 밖이 다리 하나를 거절하기 위해 목발을 흔들고 있었던 탓이다
화를 낼 때 거머리를 씌울 망태를 열고 지난 계절 우기(雨期)가 담긴 콩으로 유혹했었다
자, 자 하고 운 것 같은 소리가 여름인 경우였다
손가락 자수 놀이로 짠 옷으로 몸을 가리고
우리는 과연 빵을 지키는 사람에게 다녀왔었다
이제 그 작은 보람을 정리한다, 지져진 앞날개를, 부서진 머리의 여름 거인을

산아(産兒)를 찾기 위해 산모가 부른 긴 노래를 통해서만 봉(棒)을 휘두르며 산적들은 찾아왔다

물결을 켜며 저어 가는 노 곁에선 잘 부순 섬이 자라났다

파는 것들은 그것들대로 상한 채로 팔려 갔다

여름 물가에 묶어 둔 수탕나귀에겐 그것이 거대동물처럼 보여 놀라웠을 것이다

조병(躁病)으로 찔러 오던 것이 여름인 경우였다

치마 속에 무서운 용모를 감추고 어버이는 다시 나를 살찌웠다

내가 맹인에게서 색의 차이를 가르침 받을 때처럼

등잔 속엔 잉어가 걷고 있었다

배춧잎을 던져 주면 그때의 나는 관학풍(官學風) 가수,

달빛에 만취한 신생아와 함께 어버이는 다시 고아원에 보내질 텐데

가축 장사의 값 매기기에 나귀의 깊이가 바뀌어 간다

목을 쳐도 좋다고 서로에게 말하던 고요한 한낮

초유(初乳)를 줄 수 있겠느냐 청하고 씨가 없는 노래를

불렀지

양지바른 달빛

양귀비 밭

덜 마른 사람이 팔려 가는

양지바른 달빛

양귀비 밭

나의 차력사는 언제라도 밤의 귀뚜라미에게로 휘어간다

해거름의 이 분함과 조용함을 잊지 않고

잘 가라 가는 사람 아닌 자여, 그리울 때와 미쳐 갈 때

이제 그 작은 보람을 정리한다, 지져진 앞날개를, 부서진 머리의 여름 거인을

더 간곡해야 할 그 무슨 떡 조각도 없었다

그러다 두 다리를 증오하여 조문객들과 함께 맨손체조를 했다

여점(與點) 아래, 잘 가라 가는 사람 아닌 자여

곪어 엎드리는 자

「곪어 엎드리는 자」 장(章)을 택한 손은 주름진 방을 펼쳤다

썩은 벽지가 택한 바람은 내 목덜미 방향으로 손수레를 굴렸다

평등케 친절을 베풀어 잡인의 통행을 금하던 일

반가운 사람 때문에 단지 아가리가 찢어지던 일

거기 네가 안길 따스한 품과 체외 기생충과의 싸움에

나는 널 용서하는 먹물을 뿜었다

버려지여 너는 자기 발등에 보물을 뿌린 사람의 애송(愛誦)에 맞춰 푸르게 다리가 그을린다

꿈틀대는 과녁에 가한 공격과 같은 방식으로 표적인 자기에게 명중하는 병사로서

그간 나는 미망(迷妄)을 기준으로 길고 가느다란 물건이었다

흘러 헤진 데를 거미집으로 찢어 덧댄, 아마 나는 그런 병에 걸린 것이다

—황제여 빨리 가라! 노새가 늦고 있다 어서 가! 치며

재촉하는 것은
나를 노새로 즉위시킨 자의 투명하고도 맑은 뼛국물
끓어 엎드려 등에 더 많은 왕관을 인 사람에겐 물방개가 늦고 있었다
밤마다 마차에 깔린 딸을 주워 담는 자기가 아름다울 뿐
다만 두 갈래 자국과 그 분노의 원리를 모를 뿐
대지는 길게 널린 양말 한 켤레처럼 달의 문신 속에 잠긴다

그러면 오직 뜻으로만
여자가 기어 다닌다, 그녀의 명승지, 목매고 싶다고 말한 태양에 맞서
그를 전투 벌레이게 해 왔다 그러나 이 입은 번쩍이려고 하는 것이지
죽은 새를 물고 있다고 믿어서는 안 된다 특히
점도계 바늘 밑을 날고 있는 새의 여가(餘暇)들을

이미 회개한 채로 영영 회개하게 될 얼룩에서 더 많은 비누가 사라지면

지웠던 자리가 찾아온다, 항쇄(項鎖)를 찬 이 자에게 내가 청혼한 것은

그가 남긴 정오가 선량한 공중변소인 것을 몰랐던 까닭이다

— 티끌, 티끌을 항해하라, 나의 영롱이여! 끓는 물을 마시는 징벌 속에 '이것이 썩은 나무에 오줌을 묻힌 나의 목견(牧犬)이다, 나는 검둥개처럼 사닥다리를 물고 굴광(屈光)의 자리까지 기어서 왔다! 나는 배 속의 아동과 담력을 겨룬 구혼자다!'

틀린 곳을 다 맞춰도 여전히 옳지 않은 조각 맞추기처럼

작은 포유류를 씻어 엎어 두면

병정개미가 올라섰다

죽음은 침묵의 타악에서 시작된 목관과 금관의 소리가 다시 침묵의 타악으로 끝나는 긴 전주곡에 불과할 뿐

객(客)이 오지 않을수록 밤은 더 고대한다

끓어 엎드리는 자가 이러한 시로 닥쳐오며

인종(人種)에 잡병(雜病)으로 돌진했던 이들 휘도는 바람

으로 시는 닥쳐오며

고기로 고기를 덧댄, 아마 나는 그런 슬기로운 병에 걸린 것이다

어제 핀 천연두 아래

어제 핀 천연두 아래
나는 시작했네, 아름다운 꽃망울을, 자기의 행인을
'너는 마침 황인종의 날에 버려졌다' 참례(參禮)하며
반값으로 나뉘어 판결 내린 이 주요 반발자의 기분을 더 높은 수준에서 비장식적이게 했다
어제 핀 천연두 아래
밤마다 만진 물건은 변분색(便糞色)에 물들고
둥지에서 알을 깨뜨려 모두의 죽음을 몰아낸 헤브라이 시처럼
나쁜 기후는 좋은 기후의 방황에 지나지 않다
어제 핀 천연두 아래
이름 높은 천사의 트림을 얼굴에 뒤집어쓰고
나는 시작했네, 아름다운 두 눈을, 자기를 바라보는 행인을
고요한 미풍은 '바다로 야만이 홀로 가다……'라는 구절에 크나큰 다사로움을 느꼈다
쇠로 부드럽게 달래 달라고 애원하는 이 고리대금의 허공 아래
어제 핀 천연두 아래

양팔 저울이 되어 인간의 공포에 가장 천한 탑을 올려 놓음으로써 역사를 몰아낸 헤브라이 시처럼

문손잡이에 귀를 묶고

밤의 물매가 뒤집힌다

행려시(行旅屍)

여름밤은 납작했다
아내는 화재로 타 버렸기 때문에
사슴이 울었다 가끔 큰 소리를 내며 항문으로 기체를 뿜던 그들이
숲마다 얇은 실의 천적을 걸어 놓고 자기 귀를 부흥하고 있었다
최근(最近)이 없는 사람을 따라 가족묘 언덕길을 오른다
그래, 최근이 없어진다, 아내의 여름밤에 남김없이 물이 부어졌기 때문에
'네가 옳을 경우에만 대답은 고통을 갖고 있다'는 자정이 베풀어졌다
까맣게 타 버린 아내가 기계체조를 했기 때문에
낚시꾼이 울었다 아아, 네가 다시 등과 배에 세로무늬를 새기고
밤을 물고 끌어당길 수 있다면
나의 줄은 꾸준히 흉포할 것이다
기륜(氣輪)에 박힌 밤은 납작했다
여름은 두 번 절하는 사람의 얼굴에 물을 뿜었다
그로써 완쾌된 사람은 이번엔 종두(種痘)에 걸려 있었다

손톱으로 파낸 그 골로 사람은 흘러간다
우편 가방이나 구명 자루에 담겨
자유에 미쳐 가게 되는 이 여행
나는 더 많은 꿈에 돌을 맞췄다

끓어 엎드리는 자

품은 무릎은 부화를 앞두고 있었다

기우는 등(燈)은 근시가 되어 허공을 착유(搾乳)합니다
그러자
밖을 구분 못 하는 모녀는 이번에도 공황 하기로 결심한
것이 됩니다 그러자면
수의사는 감춰 온 뿔로 아이들을 꿰뚫었습니다 그러므로
수탉에서 암탉으로 이틀이나 달린 사람을 위한 벙어리
가 필요하게 됩니다

빼 버린 발톱은 균형이 맞지 않는 하루의 한쪽 발에 괴
어 놓았다

어부가
어부를 빠뜨리고 바늘로 입을 꿰었다
'저 선천독(先天毒)에도 나를 잊게 할 쓸쓸한 이바지들
이 있다'고 독려하며
빈손에
빈손은 빙하기를 감고 있었다

물 아래쪽에 방공호를 짓는 것, 모두의 밤이 쌔근거리는 것 따위가
유치원 마당 한가득 황제를 몰락시켰다
아련한 감탄 속에 위인이 되던
뱀과 그의 아내의 진정한 우정
그로써 나는 금전 손실에 고통 받는 괴물의 부기(簿記)에
나의 업적이 적히는 것을 실패해 왔다

먼 것을 이룩케 할 때의 달빛이 나를 일사병에 쓰러지게 합니다 그러자
수심(水深)의 여러 종류가 너를 구타했던 사람이기를 반복합니다 그러자면
고요히 엎어 놓은 마지막 아이가 윤락 여성의 각오로 빛나고 있습니다

품은 알은 죽은 개로 크게 자라 있었다

서로를 깔아뭉개던 어버이가 껍질을 깬 것은 알의 마지막 업적이었다

머리맡은 신생아의 고독을 넘지 못하고

서서히 뿔을 밀어내며 지붕을 나선으로 비틀어 버린 이 달팽이는

기쁨에게로 나아갑니다, 부르터 오는 잎 뒤로, 망종(亡種)을 걸식하러

택방(澤邦)을 지나 벽한(僻寒)에 들며

— 쌀벌레도 암수가 있었다 그것을 눌러 죽인 손끝도
암수가 있었다 배고픔이 너희 아가리와 맺어질 것이며
흉물이 따로 없었다 분홍 베내옷을 입고 묵묵히 나의
조국,
잡종국가를 생각했다 이때 천둥이 일어나
'성병(聖餠)은 사실이 없는 빵'이라고 말하고
하늘의 뱀을 일으켜 세웠다
추녀(醜女)의 날갯짓도 오늘의 편찮음을 위해
내 아이의 봉오리를 닫아 둔다

— 축제엔 개를 갈랐다 한 쌍의 발, 한 쌍의 쑥대발
허공엔 달빛을 긁는 소경의 도구가 쌓여 가고
멀리 건던 눈사람에게서 나도 검게 으깬 팔다리를 얻어
온다
이 화로가 우리 가운데 추위를 지켜 주고 있으니
발이 반대로 꽂힙니다
음정을 알고부터 아이들의 악기는 서럽지 않고

— 돈을 모은 후엔 가족과 헤어졌다 안부는 가로수 사이

에서만 탈이 나고

나는 자화상으로 된 실꾸러미입니다 때때로가 아니라 영원히

겨드랑이가 엉키고 골반이 엉키고

'길든 풍향은 깃든 것이 거둬 가고

빌려 왔던 신은 사람이 거둬 간다'

벽한(僻寒)을 지나 택방(澤邦)에 들며

망(網) 속의 곤충이 나를 배설하는 의약을 제조할 동안
브로드만 뇌지도(腦地圖)를 더듬으며
내가 나를 문 이 기쁨을 어떻게 설명할 수 있을까
오 행복한 우리 아이가 신의 이름에서
병신이라는 그 나라의 여염집을 얻기까지

나를 버리려는 사람의 세면대에 새 칫솔을 올려 두자 거기서
모든 파선(破船)이 정박을 기다렸다
혀 차는 소리에 감도는 잡색(雜色)의 노래 정도로 허약하여
태양을 일으켜 세우지 못할 테니, 얼음은 얼음 위에서만 녹을 수 있다

영원히 세속일 것처럼 회유해 오던 운동장
약병에 여러 빛깔 안전선을 긋고
폭설의 마디는 아름다운 달이 고작 아픈 달이라는 것에 실망했다

축지법을 쓸 수 있으면 좋겠다 식당과 식당 사이에
붉은 제목을 썼다 '나는 빌어먹을 거거든'
영원히 감기기 전까지 눈이 무엇을 요구했는가를 우리가 알지 못하는 것처럼
내 피가 포도주와 익어 간들 어슬녘의 축배가 무슨 소용이 있으랴
너는 어제의 크기만큼만 사는 사람에게
—밤은 반대로 달린다
—근심한 것을 또 근심하기 위해 발끝이 일치하는 것
—위대한 결혼을 그 땅벌레가 한다
세 가지 수수께끼를 내고 스스로도 풀지 못해
절명한다

다섯 경(更)

— 저물녘들의 싸움

편서풍은 장롱 밖으로 걸어 나와 나프탈렌 냄새에 젖고
엄마를 죽인다고 부엌칼을 들이댄 유소년의 성(聖)
붙박인 세계가 나라는 이물(異物)과 싸웠다

다가오지 말아요 라고 슬프게 닫히는 사람에게
짧지만 충분한 메타세쿼이아 길이 있었다
오빠랑 나랑은 맞지 않는 것 같아요 당연한 말이지만 슬프게
마늘 냄새가 났다

어색해지기엔 짧지만 멍청해지기엔 충분한
이 소년이 뉘우친 것은 보통 이런 것들
게거품이
린네의 분류표가
저물녘과 싸웠다

— 멀귀와 함께

지극히 자욱한 것, 지극히 낮잡은 것, 어느 쪽을 흡족하고 어느 쪽을 여의었는지를 묻자 형제의 손발을 묶은 덩굴은 크게 부풀며 화를 냈었다

이것은 많이 다툰 자들의 사시절(四時節)일까, 양 떼 사이로 양 아닌 것처럼 온 자들의 음역(音域)일까

현자(賢者)에 짓밟혀 가고 있었다, 깍짓손을 하고 있었다, 멀귀와 함께

고백이 실지렁이를 심는 깊은 오수(汚水)를 시작했다

눈아 눈아 뒤머러질 눈아

한쪽 입을 동여매고

숲은 기나긴 것이었다

한 구멍씩 물을 막고

숲은 비롯되지 못한 것이었다

자러 가야 하는 괴물을 달래려고 육절기(肉切機)로 갈아 사람을 뭉치면

성상화(聖像畵)마다 진심의 만종(晩鐘)이 울린다

— 장선(腸線)을 꼬는 밤

오줌 줄기 내리는 여름 봉합사(縫合絲)는 맑아지고

눈을 감자 풍진(風疹)은 파먹힐지도 몰랐던 것을 몸에서
지켜 냈었다

작은 것을 잡아먹음으로써 진정한 보편을 이룩한 이 병
실로
병간자(病間者)는 탈향(脫鄕)한다

— 저물녘들의 싸움

각자의 녹을 벗기기엔 우린 이미 찌그러진 진주일 테니
늙어 죽은 나무를 찍어 다시 한번 나를 만들었다
나와 닮은 그가
머리칼처럼 캄캄한 물이
엉켜 저물녘과 싸웠다

닐웨

헤아려 일곱의 물건에 나를 넣을 두묘(痘苗)가 있었다, 네발짐승과 철자를 바꿔 이뤄 낸 나의 가수(歌手)는 꾸준히 음소의 길을 버리고 의소의 길을 택해 왔다

겨울 열(熱) 송수관은 내 손을 부여잡고 길고 긴 내기를 했었다, 아이들의 의적(義賊)이 복성(複姓)에 성공하지 못하고 칼질을 해 대니까, 밖을 신입병(新入兵)으로 채우는 수술에 밤이 성공하지 못했으니까

목에 질정(膣錠)을 넣고 그토록 청량하게 신의 휴식이 불어왔다
곁에
말하기의 엄마
곁에
피리 부는 괴물
끄나풀의 엄마
나는 당신만큼 많은 호소를 가지고 있지 않습니다
경어(敬語)로만 운다면 신의 가호는
귀뚜라미 머리를 꺾어 주지 않으리

속자(俗字)처럼 간단하고 따사롭게, 소변 주머니에 오줌이 차면 계단 밑을 부흥시킬 계획이다, 날개를 비벼 울게 될 창(窓)은 꿀을 모아 벌통으로 돌아오는 일곱 시까지만 하기로 한다, 가만히 의붓아비의 방울이기를 그치고

잡종 제일의 짐승을 비로소 역전해 간다

신의 침상 가까이 아침의 빛나는 오점 앞에 서서

또 하나의 눈곱이 떨어진다

아름다운 화산을 터뜨린 여자는

돌로 나를 찧은 것을 자랑했었다

자기가 죽인 사람의 얼굴을 봐야만 영혼이 작별인사를 마칠 수 있다는 인간의 미신에

성녀(聖女)의 한쪽 발등도 물들어 있었다

한 떨기 그녀를 시계탑만큼 좋아한다

발가락 틈에 손을 넣고 녹였던

그런 겨울이라면 계속되어도 좋았을 것을

빠뜨린 발을 찾아나선 구두의 한쪽 굽을 나는 이제부터 생각해

낳은 애를 물병처럼 굴리고 두 손에 흘수선(吃水線)을 그었다
사라지는 엄마를 또 반 토막이나 잃어야 했다
달의 분화구를 조용히 구박하며 두 다리 사이로 밤의 차가운 용암이 흘렀다

문지기에게 문을 베풀자 수문장의 추문이 여린박으로 다리를 건너왔다. 나는 대장이 될 생각이었다. 무엇보다 수전노로, 여성증오가와 싸우는 무리로 내 백성을 채울 것이라는 위대한 명상을 했다. 오늘은 무덤을 받기로 결정된 남자와 싸웠지만, 그 남자에겐 하루가 창밖과의 온갖 헛된 일로 분주했다. 집광기(集光器)에 맺힌 뜨거운 행인들에게도 자학의 피가 조용히 흘러나왔다고 신부에게 고백했다. 어딘가 가야 한다면 나는 이미 죽어 해변에 떠밀려 온 좌초 고래의 일곱 시를 건너고 있다. 버찌를 넣은 엄마가 녹기를 기다렸다

사육사의 완(梡)

달에 남겨진 여러 무늬로 무엇을 해야 할지 몰랐던
신의 얼굴은 밤마다 긁혀 박덕해 보였다

나는 필요할 경우 죽은 자였다

선율이 자신의 예술에 해로웠다는 이유로 내 적대감이 빈곤한 것이라고는 생각하지 않는다
그러나 오래된 말은 목소리를 공격하고 자기 손을 포식했다

방랑이 죽은 벽을 본 적이 없다

감정이 있어야 할 곳에 때수건을 걸었다

대를 이어 증오를 탕진하는 눈보라처럼
나는 너를 사랑한다

오훼(烏喙)

한때 나는 작은 접시에 모두 들어갈 만큼의 불사조였다

악령을 부르는 국수 던지기로부터
물고기 잔뼈로 신을 물리치는 사람들에까지
작은 청유형의 세계는
왼쪽이 오른쪽보다 두해살이 더 넓고
오늘의 묘정(妙情)은
그것이 아니면서 모든 것이 아닌 것

망녀(亡女) 어른의 나이만큼 물방개를 벌리면
꽁무니를 타고 공중에서 취토(取土)가 내린다

'정귀(精鬼)의 배를 타고 세상의 모든 괴수를 재현할 선한 선원은 어느 바다로 가야 구할 수 있을꼬?' 무아 상태의 두 사람이 행상인에 의해 길고 값싸게 팔리면
또 닭벼슬이 되어 찾아오렴, 검은 얼굴을 우리의 간장 종지에 박고

모든 것이 아니면서 그것이 아닌 것

옥관(玉觀)이 와서 호루라기를 불어 사말사(些末事)를 점치고 가면
사람의 음부에 대한 고독의 긴 오해가 시작되었다
창밖을 그르치고, 조용히 키우는 개를 성나게 하고
관악기의 뼈는 고백을 악인의 선한 불능으로 고쳐 분다

그것이 아니면서 모든 것이 아닌 것
독보리를 태우는 그을음 속
버려지지 않으려고만 나는 쓿은쌀이 되리

서쪽 잎의 매미를 안고 있어 거미에겐 긴 다툼이 음악으로 기억될 수 있었다
음률가의 결백을 더럽히지 않기 위해 찰주악기는 추부(醜婦)의 치마를 흔든다
우리는 미래의 신에는 도달했지만 과거의 신에는 도달하지 못했다

길 위로 사설(蛇雪)이 흐른다
너는 그것인 곳에 근처를 주었다

외롭게 방귀를 뀌고 부리를 닦는 사람
모든 것이 아니면서 그것이 아닌 것

번개는 취한 신처럼 항진하리라
현명하게 발견될 때만 싸우지 않기 위해 싸우는 것이 되어
벌레가 모두 땅에 숨었다
과거 신은 미래 신의 형상을 보기 위해
불타는 화덕에 자기 손을 넣었다

적(讘)

육괴(肉塊)를 갈라 일월(日月) 풍운(風雲)을 넣고 꿰어 그것으로 백충(白蟲)에게 청혼했다는 이야기를 소중히 안고, 이 소년은 처음은 소녀였던 무엇을 하러 자신에게로 돌아간다

그래도 인간으로 조금씩 자라 무엇을 물어도 자연은 똑같은 것을 답한다; 너희는 자신과 일치하기 위해 죽는다는 것
희미하게 불쾌한, 어느 채도보다 건강하게 맨발을 치켜들고
고요한 바닥을 다시 폭풍으로 잘게 나누고 나서야
죽은 남자의 몇 개 바라지가 남겨질 수 있었다

당신 이야기 내내 조문객에게서 개구리밥을 하나씩 건지는
내 위대함이 피곤하구나
'내 성(姓)의 남쪽 적설기(積雪期), 검게 시든 사람이 상한 한쪽 발꿈치를 덜어 내 그 나머지를 식화(飾畫)하며' 이 밤이 영원히 휘도록 장도리를 쥔다

살 껍질 쌓인 용저(舂杵)에 알인(歹人)을 찧고
군후(君侯)는 용변을 보며 '순애자(殉愛者) 소상(塑像)을 기름불로 켜 두어라!' 야만왕에게 명령했다
조용히 손을 넣고 하제(下劑)를 택한 후 나는 밑으로 쏟겼다
어떤 문필적 시도도 저녁보다 비통하진 않았다

개에게 따돌림 당하면서 살아간다, 밤이 여러 번 죽었으면 좋겠다
낙화(落花)가 나를 지렁이 마디를 끊어 파는 상인이게 했다, 암노새가 죽었으면 좋겠다
엄마는 예전처럼 잘게 씹은 고기를 입에 토해 주지 않는다, 달이 죽었으면 좋겠다
너를 위한 팥죽을 끓인다

인간의 색깔에 불을 대어 굽는 계절
하늘에 박힌 차가운 빛은 늘 빼앗고 싶어지는 돌이었다
내게로 오지 않으면 또 너희를 매운 겨자 줄기로 치리라, 성유물(聖遺物)에 교활히 앉아

하룻밤의 첫 부분을 사경(寫經)한다
'이 복력(伏櫪)은 여느 성취 중에도 무익(無益)이 가장
두렵다'
그 첫 줄엔 충개(蟲疥)가 모여 사람의 입을 끄르고 있었다

한 어머니를 향한 모두의 편모(偏母)는 길이가 같아
고초기(枯草期) 우리는 포경을 하고
각별히 만족스런 강 건너의 발 냄새
아련한 바람에 속옷을 널어 입고
족속의 쉬어 가는 밥을 지킨다

표본가족

사소하게 맺힌 것을 코에 달고
오랜만에 조금 덜 엄마를 만난다
조금 덜 가난한 이파리 뒤
예배와 예배 사이 썩 빛나는 고철을 주웠다
뒤늦게 나팔꽃이 된 엄마는
그분의 그 땅에 피난소를 지었으니 지상의 다리를 하늘에 맺어 달라고 한다
하지만 그럴 수 없다, 나는 당신과 새벽까지 고아가 되어 얘기 나눴으니까
자신이 한 행동의 모든 주인을 잃을 나이에
줄곧 내게 흔들던 거머리 숲을 내려놓고 엄마는
조금 덜 거덜 났다
조금 덜 거덜 난 겨울 — 여름 이웃
벌레 모자(母子)는 빛과 소금에 대해 조금 얘기하고
우리 은혜가 자녀의 평탄을 지휘하는 자의 것이게 하소서,
지옥에 안 가는 노래를 불렀다

창녀들의 검진

검은 빛깔 오니는 수예점에 있었다
단련 상자 속에는 매듭 풀린 옥상이 색실에 감겨 있었다
주름에 바늘을 꿰며
태양에게도 달려 있는
나의 위대한 것을 만졌다
조용히 문 무늬에 박혀
빛의 실패를 지켜본다

석자란 사람이 다가왔다 그러나 그는 지리고 있고
가장 좋은 군중을 노년의 상자에서 꺼냈다
— 아이들은 병리적인 것이기 때문에 항구히 죄수입니다
그들의 자랑거리인 밤의 숭고한 몇 꼬치와
묵연히 같이 지내야 했던 몽둥이와 함께

언제나 여름이 가까워 오면 흰 발의 가축을 검은 발의 가축으로
닦는 노인이 오고 갑니다, 모조리 열심히 이염(移染)되고 있지만
누구에게도 상처 입히려 하지 않습니다, 고백과 관계 맺

지 말라는 교훈을 알고 있는
종족의 선량한 보물인 우리를 빼고

혼자 사는 악인의 소견은
불어옴에 대한 비유를 마주봄에 호소했다
옛날엔 축복에 의해 사람이 죽었지만
지금은 살아 있는 것에 의해 사람이 죽는다는 걸 믿기 위해
기도는 불굴 위에 수척이 내리는 시간이다

그녀들이 배려했던 나이 든 별의 얼룩짐을
매듭의 엉성함 때문에 빌어먹도록 발이 아리따운 것을
내년 봄 누군가 발견하고 경악하게 될
앙상하게 뼈를 간직한 자상한 변형물을

그러나 언어로 침묵해야 했던 오늘
드디어 받아쓰기의 자격을 얻은 팔다리는
방바닥과 마주하고 기괴(奇怪)를 요약한 후
모래처럼

모래에 의해서만
가만히 입을 방패 삼는다

각자의 모기장엔 관능을 얕본 자의 낙천이 깃들어 있다
어젯밤 유령을 들이켰던 사람에겐 무리의 절망에서 관망하지 않으면 안 되는
고백이 있다, 그리하여 우리의 휴가가 슬프다
차라리 각적 소리인 것과 차라리 변(變)인 것
나는 두 의지의 외래자(外來者)가 된다

뱉은 것에 다른 계절이 오고 있는 걸 알고 있는 날
검진실 문 뒤에 조용히 피를 걸고
여름은 여름을 기웃거렸고 여름을 확정하지 않았다
아무리 작은 것도 자기 크기만큼 도취될 수는 없다

명절의 소원

명절에는 분하다 그러나 소원은 바뀌지 않는다
바라기 위해서는 바쳐야 하기 때문에
윷짝으로 얼굴을 얻어맞고 새는 규규규 울었다
저녁놀을 한 가닥으로 개킬 때의 관능적인 사람 앞에서만
할머니의 다래끼가 차오르고 있었다

꾀를 낸 양치기가 목 축일 침수(沈水)를 땅거미에 숨기자
양들은 발의 개수를 속이고 영원히 늙어 버린다
명절엔 분하다 구유통에는 똑같은 것을 두려워하는 보람이 있었다

이미 갖고 있는 책권(冊卷)이 한 벌의 문틈을 가져와
죽은 자를 아는 자이게 하는 도적질을 하지 않았더라면
나는 번번이 글을 쓰는 사람은 아니었을 텐데

앞강은 뒷다리가 길고 뒷강은 앞다리가 길어서
여기 서서 다림질한다 신생하는 꽃과 비기기 위해
잘못 떨어진 두 팔과 이야기를 나눈다

밖에 종기 모양의 눈이 내린다고 알려주기 때문에
새는 어떠어떠어떠 울고 있었다
묵은쌀 도병(搗餠) 가닥이 나를 묶는 것은 분하다 그러나 방황 취미는 바뀌지 않는다

돌을 괴어 둔 노래는 귀신의 눈두덩에서 혼자 자주 시간을 보냈다
울타리에 튼 쥐 둥지를 치기 위해 잘 그려진 머리 하나는 쉬지 않고 아름답다
떨어져 내리는 그의 음악 친구를 구하기 위하여
어머니의 주머니에서 찬물을 빌어 올 일이 있었다

방석에 덮여 있으면 특별한 멍청함이 있으리라
황홀한 밤의 지푸라기를 물고 할머니의 계주(繼走)가 이어진다 분하게 울면서
결코 다시 같은 방식의 무색투명을 보지 않게 될 것이다
절명(絶命)의 열매를 쪼아 먹고 나는 불사조가 되었다

산뢰기(山籟記)

신의 시작과 악마의 종결은 같은 시각이며 그것은
하나의 시계가 그 어떤 시간에서도 종결로써 인간적 실패를
할 수 없다는 것을 의미한다. —이방인 크로이처

사죄사(赦罪師)는 오늘의 죄가 전지(全知)를 능가했다고 믿었다
귀마개를 끌어안던 소리의 절반을 걷는 해[歲]
달력은 험담을 하고, 검게 길 잃는 하층(下層) 역시 그러하다

숨은 아이들을 찾아내는 놀이에서 혼백이 물리지 않도록
손발을 기름에 지지고 석탄 아래 숨은 날
서쪽 별자리 쇠갈고리에 걸린 짐승도 여전히 숨을 참는다

태어날 때만큼 죽음이 정서적 절정인 때는 없을 것이다
'荒家는 惡主의 값, 弔客은 魄이 남긴 怨言' 아이들의 동물 농장은 사려 깊고
첫눈을 뭉친 자는 악의를 갖추게 되고

음악은 신이 우리를 속인 것을 오직 상형(象形)해 왔으며
스스로에게 돌을 던지는 악원(惡願)에게 다가감으로써만
원대한 것이었다. —음악학자 헤제라

은혜는 꼭 갚겠다는 돼지라 할지라도
다리를 떼어 낸 곳에선 각(角)을 부는 소리가 났다
하늘의 개주(介胄)를 별의 성유품(聖遺品)이라 부른다
하여도
밤이 되면 어버이는 냄비에 물을 끓여 발을 담그고
모두의 배 속에 잠기고 싶어 했다

신부이기를 포기한 사람은 어버이를 위한 개목걸이처럼
아름다웠다
육체에 핀 이 꽃을 팔아 이웃의 부를 도울 것이다
산의 불은 내 얼굴이 변해 무심코 거울을 닦아 낼 때쯤
고요히 굽었다

무릎을 꿇고 구사일생으로 먼저 죽은 자가 아니었다면
우리는 주멸(誅滅)의 높은 의미를 알 수 없었다.

그래서 젊은 형수인(刑囚人)의 전비(前非)가 뼈에 적힐 때
우리는 비로소 죽음과 퇴위가 같은 의미였던 시대의 율법이
침묵에 대해서도 모두에게 동일한 봉건을 요구한 것을
이해하게 된다. —수도원 존자 시토

살아 있다는 생각은 완전무결했기 때문에 거의 무기력했다
도사견의 걱정은 쌍둥이 중 누가 오늘의 부모를 편들고
있느냐는 것
외로워져 가며 너는 뒤적임을 잃고
그간 항상 처음이 들어 있는 주머니를 찢어 왔다

나의 수서곤충은 길게 분지르며 아가씨들과 울어 주었다
사물이 발달하기 시작한 곳
이 무기력이 울적한 새들을 매료했다
자유에게 빈털터리 어머니를 물리치는 돌림노래를 청한다

신에게 긍정을 요구하는 음악보다 악(惡)적으로
더 성숙한 것은 없다. —금욕주의자 슐라피스

달의 수빙림(樹氷林)

맹아와 농아가 오목거울로 모아 온 것, 물의 고요에는 감자 도장이 뿌듯이 찍혀 있었다. 이 수준 높은 한 쌍의 근시들은 고체-액체-기체가 엉킨 그림 퍼즐을 다 맞춘 가난뱅이로는 끝나지 않았다. 아마도 둘은 동갑이었고 그 같은 이야기는 한결같이 아름답다. 죽든 살았든 햇빛을 가리기 위해 떼어 낸 초대장에 지나지 않는 한 나는 이 희귀한 바다 생물을 영원히 가질 수 있게 되었다.

지금 그는 지도 맨 아래쪽 채도가 엉망이 된 조그맣고 하얀 부분이다. 물결 위엔 반올림된 여름이 알몸으로 깨끗이 깎여 있었다. 고인이 원하는 만큼 옷을 풀어 마지막으로 굵은 털실로 계절을 몇 바퀴 감고 떠나는 게 이곳의 전통이라면 어째서인지 당신 우편엔 밤이 깨진 그릇으로 그려져 있었다. 그 답변으로 나는 벗겨진 소를 그려 보냈다, '달의 수빙림(樹氷林)'이라는 고매한 이름을 붙여서.

떡갈나무 주인은 왜 여러 개의 순례로 사물의 말을 통역하는 고통이 저녁의 누더기를 걸치기엔 호소와 너무 동떨어진 음역이라고 생각하는가? 옷이 완성되자 모두 동방

음악으로 변하여 사라지는 박해받은 소리들을 나 역시 고요하게 멈추는 베틀에 견줄 것이다. 벌의 육각 방에 누워 흔들의자와 나눴던 몇 마디도, 문지기가 항상 서리해 가던 양들도, 한밤의 식료품점에서 삯전으로 받은 고백의 일부였다.

실뜨기 매듭 너머 손을 더럽히지 않고도 여행을 만질 수 있었기에 나는 그것이 수신(水神)의 싹인 것을 알았다.

성가퀴 너머

성물(聖物)에서 밤을 벗기면
씻어 말려 둔 손의 소리가 들려온다
난 그 갈래가 다섯인 계절을 얻으러 왔다, 혼자가 되면 몹시 많은 밥을 지을 테니까
이름이 하나인 것과 모양이 다섯인 그것의 기나긴 등차를 적는다
울적한 아이의 양서(良書)는 고사지(枯死地)에서 온다

적대의 크기와 최선이 일치했던 자신의 은세기(銀世紀)를 회고하며
뒤집어 놓은 곤충은 그렇게 하지 않은 자신에 대해 더 깊게 알게 되었다
허용된 문학 안에서
굽은 국자를 흔든다

발음기(發音器) 안쪽에서 네 발 달린 소품에게로
저녁의 아귀힘마다 감쪽같은 보호색이 피어올랐다
사실은 다 자란 귀가 밤처럼 찢어지는 것인 줄 알았다
오늘은 그것을 만져 수세미로 만들던 남자의 손기술을

생각한다

아이들의 우아한 교양은 고사지에서 온다
하수(下水)에 모인 태양에 손을 넣고
공동체를 먹일 한 마리 앞에서
누군가가 피받이 앞치마를 두르기를 기다렸다

물고기 떼는 장방형 더러움 쪽에
나는 아마 게워 낸 쪽에
아직 많은 무취(無臭)를 바라게 된다
발등에 조금씩 길게 침을 뱉고
의자는 앞다리를 붙인 채 계속 울고 있었다
어째서 나는 광인을 생각하지 않고 있었다
악마적인 것은 목가적인 것 어디선가 시작된다

한때는 여기도 타고 남은 재를 따라 신의 발이 더러워지는 곳이었다
그렇게 정해져서는 까만 꽃을 꾸짖으러 간다
부르주아의 수백 가지 광휘로 때리기 위해서만

항상 거기쯤 가장 길게 혀를 뺀 내가 걸려 있었다

이 세계가 포유류의 장기(長技)가 아니어서 나는 좋다고
꼽은 말한다
세간을 부수어 분을 푼 꼽의 나라에서
정역수(定役囚)의 고깔모자를 어여쁘게 머리에 쓰고

뱀술사(術士)는 사람에게로 와서 토막에 대한 것이 되었다
물건 값이 없는 사람을 눈부신 버팀목으로 만들던 골목
마다
나의 어린 시인은 엄마와
북어를 찢으며 놀았다

하현(下弦)에 이르길, 그가 네게 파백조(破白調)의 춤을
청하노니
이미 멈춰 버린 사람을 복잡하게 할 수 없어 비통하다
'우리의 유약(幼弱)을 쉬게 하는 당신이 어찌하여 우리로
부터 채우러 오는 당신이나이까?'
산 자를 옹호하는 장치에 한하여만 나는 산 것을 믿지

않는 기계였다
나의 어린 시인은 엄마와
약효가 생겨날 때까지 서로를 비벼
구절초가 되었다

열었던 개구리 다리를 왼쪽으로 여미면
단지 우리 집 모퉁이 하나가 없어졌을 뿐
모든 발판에서 당신은 이윽고 날 찾아 주지 않을 것입니다
네 마디가 외로우냐? 네 토막이 어두우냐? 썩은 녹말을 졸이는 밤이다

산군(山群)의 식충풍습은 죽은 귀뚜라미에게 새 저고리를 주고
돗자리에 앉은 웃어른에게 시집보내기
귀릿짚을 쓰고 온 사람에게 국을 쏟아 달갑게 하기
가문 별이 거듭되면 나무 위에 올라 살 털기

납향귀(臘享鬼)는 머리를 쑤실 긴 솔을 달라고 부탁했다
앙심의 밤이면

나의 어린 시인은 엄마와
성가퀴 너머 적과 부둥켜
변심의 코흘리개가 되었다

살아 낫지 않기를 바라는 갖은자의 날에
필멸에 곧장 이르는 복된 광견병은 없다
형제이기 때문에 시체를 달라는 익명의 사람과 바로 그렇기 때문에 시체를 줄 수 없다는 기명의 사람 간의 싸움으로 인해
상복을 입고 나서야 대개 사람은 잡념이 되었다

깜부기 계절이 지나가면
회전 시소와는 깊은 오해를 사소히 풀었던 기억
네 마디가 외로우냐? 네 토막이 어두우냐? 검둥개는 석연히 풀리고
오래도록 요강에 담겨
우리는 서로를 헤아려 갈 것이다

여름내 독말풀은 장대높이뛰기 선수처럼 늘

도약 후의 추락

내년의 학문은 보람될 것이네, 선생이 살코기처럼 죽었으니까

허용된 문학 안에서

나의 어린 시인은 엄마와 성가퀴 너머

가장 근심 많은 개를 울렸다

씨종자의 속월(俗月)

이토록 멀리, 라는 말을 자주 듣고 자주 쓰고
단 일격의 지혜도 거절하오니
오늘의 발광 너머 이 더운 벌레를
어머니 채찍으로 휘갈겨 주소서

잡유(雜油)를 바르고 옹(癰)은 질기게 뽑겨서
한 입에 넣을 정도의 크기로 발이 깨지고 있었다

어느덧 굽은 털 같은 석양이 흘러
할아버지 노래 속의 며느리는 지상의 솜씨를 그쳐 간다

암점(暗點)이 보태려던 것, 변옥(變獄)에도 결심이 있고
그럴 때마다
미신(美神)의 입을 소금으로 찧어 버린 그런 관계를 맺
지 않는 한
이들 날벼락에 대한 동경은 충분히 두드려 편 항계선(港
界線) 밖
심지를 풀고 짧은 실밥을 살찌운다

침에 꽂혀 뒤틀린 무당벌레에게로
고환이 단단해지고 있으니까
아마 나는 나쁜 값에 팔리지 않았다
한가운데 올라오는 기쁜 나의 종대를 두 손으로 뭉개며

잘 가거라 괴수야, 발바닥에 분을 바르고 엄마는 버려졌다
팔려 가는 그 녀석은
피리 구멍에서 더 많은 귀지를 꺼내고
더 많은 가슴을 안아 어르고 물리리라 하신대
두 옆구리가 뒤볶이며 잡육(雜肉)의 이름을 무척 종유(從遊)하도다

자네는 또 겨리를 끌고 와 주게나
어버이가 나의 밭작물을 격려해서는 내게
갯지렁이가 되어 물고기를 이끌라고 명령했다

하지만 불을 들고 발버둥 치는 큰 먹이에게 다가가면 아아 정말로 향수(鄕愁)이기를 그만두던 것은 부정했다 뒤집힌 모래시계에서 떨어져 내리는 모래 한 알씩의 지평선만

을 내게로 보냈던 것은 아아 이 모유가 폭군인 까닭이다

씨종자의 「소(疏)」에는, 우리와 같은 천종(賤蹤)에게로 가는 사람에게서 그 생사를 분별치 말라 하였고, 죽은 아이가 잃었던 물건이 스스로 집으로 돌아오면 참으로 물건이 마음을 얻기 때문에 있지 않다고 해서는 안 되는 것이 영원히 목숨을 기울여 얻는 것이라 하였다

자기 거머리의 맑은 자줏빛마다
발을 넣어 삶기지 않으면 무죄로 하는 그런 판별
사람이 마땅찮도다
주물러 흉진 곳, 매듭 묶은 쓰레받기에 앉아
사람이 마땅찮도다
누에를 씻는다

뢰(磊)여

— 으름에서

나부끼는 고가선(高架線)에 무릎을 걸고
포슬(抱膝)하고 털끝을 낳습니다
내뿜는 밤
검지를 좋아합니다 강간당하고도 네 안의 사탄을 먼저 죽이라는 선고를 받은 자처럼
묵묵히 저를 가리키고 있으니까요

굶주린 것이 와서 서쪽 끝에 말엽의 알을 낳으면
인간 악사를 만나지 못해 떠도는 악기가 아니길 바라며
도르래는 해충이 되었다
분명히 자란 생식기를 숨기고 단지
수경(水鏡)은 정확해지려고만 굴절했다

누런 여자는 나만을 위해 가만히 외워졌었다
본 것은 세상이라고 여길 수 없도록 보지 않았을 때와 닮게
물이 휘산(揮散)한다 사실은
아궁이 속의 고독자에게 채변 봉투를 보여 주었다

— 포육실(哺育室)말

머리말에는 나무메로 쳐서 망령의 용적을 재는 성난 동력기계가 있었다

수치스런 곳이 만져진 나귀의 배엔 쓸쓸한 창자가 문둥탈을 쓰고 있었다

애인은 그간 폭발적이고도 길게 짖는 소리로 유명해졌다

집의 새 자식이 후사경(後寫鏡)을 달고 태어났다

벗긴 나귀 껍질처럼 찬란히 꼭짓점을 끌어모으고

그런데 뿌릴 소금이 모자라 천장은 더러워지기만 했다

젖이 여러 개 달린 개를 보며 지혜를 얻어 가는 고통을 잊는다

— 뢰(磊)여

짐승에게서 나에게로 인성(人聲)이 괴롭게 들려온다

박광층에 사는 너는 희미한 조각도 세계의 전부라고 믿었다

무광층에 사는 너는 흑색 표색계(表色系)를 펼치고 공기

를 암산할 것이다

못난 포로가 집을 잊지 않도록 매장도(埋葬圖)의 너를 쌓아 간다 뢰여

그러므로 우리 창수(槍手)는 목숨이 알고 있는 것을 알고 있지 않으며 우리 궁수(弓手)는 목숨이 모르는 것을 모르지 않는다는 진리의 무엇이 잘못됐기에 형리(刑吏)의 잠언이 흉포한 성인(聖人)을 펼쳐 놓고 부스러기의 잠을 청하는지를 알게 되리라 돌무더기여

화렴(火廉)은 우리 눌음(訥音)에 계측자를 주어, 보게 하리라, 신과 헤어져 무릎으로 기어도 목숨이 늘어나지 않는 저 위대한 장애를

그러나 태어나는 밤이 죽은 밤인 걸 아무도 탓하진 않는다

반추가 가장 길어지는 순수한 위(胃)에 너를 쌓아 간다 뢰(磊)여

속애(俗愛) 비옵는 자를

밑빛이 차오른다
아닐 수도 있다
노래가 끊긴 괴수의 노스텔지어를 따라
충분히 들이마실 수 있도록 풍로를 피워 두고
그러나 혀를 넣지 않은 척
나인 것이 언짢다
품안에서 폭식을 하리라
그러나 혀를 넣지 않은 척
쇠파리를 올라탄 밤과 낮
사랑받으리라 왜냐하면 벌레는 어머님 일행에게 찢겨 죽었다
아침이 점점 멀어지는 곳에서 누비이불을 물들이고
나는 목숨을 부지한 것의 원천
서로 몹시 좋아하기 때문에
개의 노리개가 되어 달라고 부탁했다
그러나 약을 바른 입구엔 언제나 은하수의 기나긴 후려침
광시(狂詩)가 가능하다면
혀를 넣지 않은 척
밤새 수도꼭지를 후볐다

귀종불역방(鬼腫不易方)

소중히 꿰인 날들이 바늘을 돌려주지 않으니까
아욱이 자라고 있었다
잔멸이 떠다니는 여름
혼자 꼬리를 말고 파양(罷養)을 다했다
창애에 걸쳐 저희가 헛됨을 잃은 이 귀종(鬼腫)으로 연우(延虞)하소서
밤을 기어 다니는 잿빛 연기물(緣起物)이 있었지만
그 권 一은 낙질되어 비둘기가 토한 것 같이 되었다
너희 정상물은 이 변신물 위로 걸어오라, 불뢰자(不牢者)여
악신일(惡神日)에, 사람의 풍식(風蝕)이 식기를 기다린다
몸에서 나온 변물(變物)을 끼얹은 곳에
아욱이 자라고 있었다

파양동정향(罷養冬定向)

때를 벗긴 동물을 안고
길게 귓병 앓는 저녁
아스콘 파쇄기 소리가
청명을 가져온다

못이 헤엄쳐 온다, 깊이 범람한 노을에 박히기 위해
양말이 좋아 라고 말한다
인종(人種)이 없는 남자의 복잡한 심정을 겨누고

끓길 때마다 옳게 되어 가는 그 긍률을 장사 지내매
굴업자(屈殗者)마다 써레질하여 닦아 다오 너는
털을 깎이고 이별을 위한 갱생을 적는다

바다로 덮이리라는 생각으로 반음(半音)을 기다린 적이 있구나
어설프게 발 한쪽에서 귓가를 골라낸 적이 있구나
먼 사람에게 전하기 위해서라면 발돋움하여 증발할 필요도 없었네
한 쾌씩 자신을 사상(事狀)하지 않음으로써 오래오래 그

르칠 때

이 재생자는 젖을 물고 첫 상간(相姦)의 빛깔과 눈을 맞췄다

죽어 또 귀신이 된 너와 만나 즐거웠다

고대시집 古代詩集

시와 나 사이엔 대기밖에 없다

황혼 아닌 곳에 목을 옮은 인간에게 괴물은 터럭을 묻지 않으련

소년이 들어 있는 거위 알은 인간의 아홉 구멍 외 하나를 더 알고

물 위로 몇 방울의 부케가 떠오른다

그러면 오늘은 낮 세계의 모습을 한 달력의 첫 반 칸

사과 한 개가 들어갈 정도의 부력을 명령하렴

상자의 보답은 가슴이 달린 것에게 축주(畜主)와 환축(患畜)을 낳고

별이 우거진 바닥의 침해물이 되지 않으련

바구미처럼 오래도록 서로를 헛디뎠다

시와 나 사이엔 대기밖에 없다

양양기(魎魎記)

침조(沈槽) : 씨에 닿은 것은 늦은 오후가 반복되는 마지막 방울.

물에 잠긴 연한 발처럼 이렇게 세상이 망해 간다면

잠든 뒤의 섬을 향해 우리는 별거를 청했던 것 같기도 하다.

우는 여자를 베개에서 꺼내면 가난해진다고 믿는 사람들 사이에서

나는 반값만 내도 후추 색 아기를 만져 볼 수 있는 사람으로 자라

이번엔 가능한 한 멀리 유리 공예 손가락을 보내려 한다.

그러면 너는 우듬지의 새를 뽑아 들고 허물마다 조용히 입을 벌리겠지.

목젖을 감추는 방법을 알고 있었지만 차츰 그렇게 하지 않았다.

녹물은 더 멋지게 다리에서 우러나고

얼어붙은 저 발이 더 많은 동물원을 빚어야만 아름다운 것은 감속한다.

응초(冫草) 가닥 : 나는 바구니와 바꿔 얻은 위대한 왕관을 쓰고

수액이 체액으로 변하는 착한 꼭두각시 줄에 걸린 먼 나라의 백치를 생각한다.

그 나라의 만유인력은 내게 매일 좋은 방을 빵가루 사이로 떨어뜨리고

여전히 한 가지씩 가려움을 보태기를 그치지 않는 상태.

책의 「神」절*엔 오래 쥔 손잡이가 낮은 천장과 싸우는 뱀으로 발달해 있었다.

자신의 들판에서 황무지를 생략한 저 옳은 계절에

사람이 새의 목을 조려 먹고 손안의 자전축을 기울여 본다.

해빙을 따랐던 사람이 그렇게 빈손의 항적(航跡)에 시달릴 동안

우린 동갑내기 바다와 돌아와 동물에서 떼어 낸 외로운 주머니로 서로를 가렸다.

* "신의 횡사(橫死)는 죽음으로 기록되지 않는다. 신은 묵약을 기록하지 않는 자이기 때문에 약질경(藥疾經)에서는 염병 듦의 한 가지 중 육효(六爻) 푸는 아이들의 나라를 '허공에 물결이 없음'이라 비유했다. 믿을 때만 결국 있지 않음을 아는 과실로써 신의 여정을 별의 여정과 매듭짓게 했던 사람이 있어 이르길, 인간의 꿈은 신의 상자에 담긴 가장 늦은 황혼이라 일컫게 되었다."

돗바늘을 꿰는 신 : 알의 겉 안쪽엔 봉우리가 자라는 여자가 있었다. 자기 어머니를 만나러 내려온 천사 마누엘은 잠든 그녀의 다리 사이에 타는 석탄을 올려 두고 많은 모양의 촉각이 되었다. '너의 오른발은 나의 성채, 왼발은 바다의 무리, 그것은 대상이라기엔 지나치다.' 뒤집은 양말 색깔의 여자가 있었다. 손가락을 걸면 문지기도 물고기처럼 먼지를 향해 길어지리라. 발가락을 끓는점 쪽으로 모으는 이야기도 전해지리라. 저렇게 오랫동안 익어 가는 크고 헐렁한 신발처럼 발 같은 여자가 미천한 것에서 진화해 있었다. 저물녘은 오랜 말문이 트이지 않고, 끓는 물을 떠 마신 동물이 날뛴 얼마 후 대지엔 음부가 생긴다. ― 살점 묻은 이 꽃을 흰 동물의 젖에게.

화동방가 설강창정(畫棟房家 雪降瘡井) : 배 속의 태아와 결혼을 약속한 이들 가족은 어질게 해체되고

이것이 마르면 각자의 방은 사마귀와 색이 같아질 것이다.

태워서 쓰기 이전에는 무엇을 거의 하지 않는 물건을 따라 유랑한 이들 가족은

잃어버린 물건의 아름다움 그대로 좌향(坐向)을 적고

실부(實父)들과 모여 한없이 가늘어진다.

달의 초인(招引)이 사람 안의 썰물을 흔든다.

아랫입술에 남긴 넋과 관(管)의 길이가 같다는 것이 악마

들에게만큼은 사실적이길 바라지 않는 이들 가족의 사투처럼

배 속의 태아와 결혼을 약속한 그 곡속(轂觫)을

나는 아무리 구경해도 싫지가 않다.

옷 속의 보물 : 해가 져서 들춰 보면 너무 적어서 실망했던 옷 속의 보물.

무딘 반딧불만 부리에 물고 늘어서 있을 뿐

나의 떼까마귀는 공중을 헹궈 내고

밤이 원하면 밤에서 얻은 차액으로 그렇게 할 것이지만

맹독이 푸르게 열릴 나뭇가지 아래

농약을 고른 사람과 함께

잘라 온 동물 귀 모양의 썰매를 끌었다.

아마도 원하면 한낮의 머릿니를 잡던 현세의 집이 무연히 떠오른다.

비렁뱅이는 이 말을 담을 자루를 얻은 것을 기뻐했다.

하지만 저녁은 옷걸이가 너무 적어서 실망했던 보물.

긴 투겁에 이쪽 모두를 감추고 타로카드 0번 바보를 뽑는다.

시향기(試香記) : 바닥이 우거진 수면은 죽은 자의 머리에 씌운 꽃관(冠)이다.

개의 얼굴을 한 부인이 내게 과자를 내밀지만 사랑으로

써는 망한 듯 싶었다.

그 기쁨을 몇 송이 꽃과 바꾸고 있어서

이쪽을 반 수레의 숯으로 감고 진눈깨비가 악사를 부러뜨리고 있었다.

철봉이 마지막 한숨에 걸려 한 바퀴가 완성되지 않는다.

미망인과 귀를 나눠 파고 우린 물결에 물린 척 오줌 밖에서

개와 하고 있다. 열매는 늘 이런 맛,

강 건너 보이는 할머니들을 허공으로 덮어 티끌을 거르는 주머니로 만들어 놓지.

깊숙한 베개만 젖먹이다운 의무를 가지고 있었다.

머리칼엔 조심조심 부어오른 고달픈 하급사람이 매듭져 있었다.

숭고에 그어진 자연의 상처 한 줄에 묶여

나는 파우스트 — 흔들리는 배에 글을 쓴다. 그러자 바다 한복판에서 편지가 왔다. 너는 어떤 것을 범하기 위해 남지 않고 싶은 자인가? — 를 반복한다. 나는 인간에게로 가는 푯말이다. 이 죽음이 씨로 쓸 수 있는 정도를 바란다. 처음 유리알을 통해 들여다볼 때 순수한 자유낙하는 지어낸 말일 수도 어쩌면 두 무릎 사이에서 울어 버린 것일 수도 있

다. 손이 얼던 날엔 음핵 어디쯤 가장 오래된 돌이 떠오른다.

침조(沈槽) : '배를 타고 가면 미로는 서서히 끝이 났다. 미로가 끝이 나면 배는 바탕에서 선에 이르는 색면(色面)이 되었다'는 말은 번역에서 생긴 말로 그 와전 전의 뜻은 사람이 긴 살육의 벽화를 그려 주고 천사에게서 모든 생물을 꾸어 온 후 그 빚을 갚으려고 할 때 우선 그것을 손으로 만져 봐야 한다고 전한 것을 음탕함의 한 갈래로 여긴 고대 초상화가들의 정신적 유산이다. 마치 그들 자신의 얼굴이 뜯겨진 그림 앞에서조차 여전히 그 얼굴에 매혹된 상태로 머물 수 있었던 것처럼, 이성에 대해서만큼은 보다 광적이었던 그들 유파는 사물의 정직성이 미로를 강조하는 일에서 몰두될 수 있다는 것을 의심치 않았다.

파백조(破白調)

방견관리사(防犬管理士)는 잎처럼 얇은 물건에 개를 올려 두고

고대의 질병을 불러온다; 균일해져 더는 금지되지 않는 노을을

아침이 우리 정념의 황혼인 것을

눈을 감아야만 살아갈 수 있는 사물을

인격에게 짖도록

바람마다 침 길이는 같고

무늬를 흔드는 새도 즐겁지만 목을 따이고 허적이는 새도 즐겁다.

몸 가장자리에 연옥의 모든 짓궂음을 맡기고

점점 분해지는 당근에게로

여신일 때 그녀가 갖춘 진정한 젖은

그것을 주조한 자의 손이 모두의 시름에 담긴다는 것.

나란히 앉아 침전조를 어루만지면

신부의 머리 가리개를 쓰고 물 위에 노파가 떠오른다.

그중 고백을 종루(鐘樓)에 묻히고 울려 퍼지는 사람에게는 시계탑이 두 개가 되지 못하게 다리를 버리고 온 열광이 있었다.

점점 분해지는 당근과 함께

그러저러 들려오던 즈믄 하룻밤 이야기에 젖어

벙어리장갑 같은 밤의 겉껍데기를 붙여 나간다.

유령을 보통 키 수준으로 줄이고

귀교(鬼橋)를 건넌다

고 열거해 갔다.

젖과 꿀의 광범한 이름 대신 냄비에 가득 찬 육수와 익은 고기를 보라.

그런 당신의 지상은 살이 터진 곳보다 찬란하고

건너편 많은 비월(飛越) 춤추는 장애

너머 눈송이가 너를 좋아했다.

목숨을 사용하지 않는 기간,

꼬리를 담는 데 쓰는 바구니처럼 눈이 내린다.

사람에게 횡단목을 얹고 밤은

신의 채빙(採氷) 풍경을 보여 주었다.

당근 기근이 왔다.

어느 부고의 긴 양말인 날.

우리가 좋아하는 신이 우리로부터 온 신에 대항하기 위해 망아지를 잉태하면

웃음이 헤퍼서 좋았던

어느 부고의 긴 양말인 날.

당근 기근이 왔다.

똑같은 곳을 쳐다본 낮과 밤에게로는 나팔수가 오지 않는다.

음악엔 둘의 부조물 같은 것이 조악하게 움직일 줄 알았다.

찍어 죽인 자 가운데 음계를 하나도 깨뜨리지 않고 온 자가 있었다.

살을 따고 홈을 내어 죄명을 쪼아 넣는 징벌 중엔
몸에 나무 방울을 매달아 듣기 좋게 흔드는 것이 있었다.

그러나 거인은 그런 방식으로 거대하지 않다.

자고 일어나면 더 긴 종유석이 달린 북서풍.
슬프게도 내 당근의 행복이 그렇지 못하다, 팔은 두 개 인데
집 쪽으로 향한 하나로만 개에게 뼈를 물어 오라고 시켰었다.

분하다, 달력이 끝난 해에
해골을 치며 일시(逸詩)를 쓴다.

신의 전망대는 교수(絞首)된 자의 발밑이다

개사육장 쪽으로 쐐기풀을 세운 오늘은 따님의 것이다.
악몽의 먹이로 남겨 두던 한 덩이 꿈도
영모(靈母)를 거절한 근친종을 잘라 젖을 멈췄다.
까마귀가 눌어붙은 바닥의 순서에 따라
혁수정을 감고 있으면 두 팔에 나무 앵두도 생겨나지.
우두머리처럼 입에 두꺼비를 물고 있으면 씀바귀도 생겨

나지.
고아는 자기는 전능자의 전능자라고 답하였다.
확실히 그는 반 조각 가시광(可視光)의 성질.
잡동사니 속에서 집짐승의 계구(戒具)는 반짝인다.
두 귀 사이에 더 큰 소리로 화덕을 피운 날은
특히 청춘에 대해, 다리 밑으로 힘겹게 쇄빙선이 오르고
있었다.
쇄토기(碎土機)가 되어 흙 속에 겨울 두더지를 빚으리라.
앉은뱅이의 다리를 일으키고 있다고 믿는 것처럼
얼음에겐 발을 넣어 주지 않으리라.
딱히 떠난 후의 그런 것을 좋아할 뿐인 우주를 따라
신의 전망대는 교수(絞首)된 자의 발밑이다.
노리며 다가온 새벽 개를 쫓으며
나는 주로 건강한 책으로 자라 있었다.

뼛속

달력이 끝난 해에 그분은
익조(益鳥)에게로 늘어진 성스런 짐승과
사물의 참회를 잠시 흿들으셨을 뿐이다.
사람이 사탕수수일 동안
허물을 건 여인에게 분노의 분무질을 하셨을 뿐이다.

달력이 끝난 해에 신을 먹는 자들이 등장하면
본시 밤이 없던 그 땅에 태양을 없애려는 부족 여자들의 노력으로
낮과 밤은 두꺼운 쌍둥이에 가려 있었다.
광점(光點)에서 영원한 불구를 얻는 것을 바라보고
네 유령에게도 사모하는 방탕이 생기는 계절.
결코 군상극(群像劇)으로 밤을 사용하지는 않으리라,
창을 열면 어딘가에서 기뻐진다, 거기 신전이 없는 사람이
자루에 담겨 저녁을 파먹고 있었다.

돌변한 손은 투명했다.
긴 발가락뼈를 놓고 조용히 두드러져서 구름을 세면
나충(裸蟲)은 이제 조금밖에 어설프지 않아,
기쁜 손이 몰두하는 곳, 말버릇처럼 가만히
늘어진 유방을 내놓고 태양이 미쳐 간다.

그가 성모에게서 집짐승의 귀를 지운 자라면
돼지 모신(母神)의 발굽에 사과가 깔려 죽게 할 텐데.
달력이 끝난 해에, 멀리 굴러 떨어지는 자를 묵수(墨守)한다.
취산화서(聚繖花序) 그늘 아래
콧구멍을 만져 주마, 사랑하는 사람이여.

취산화서(聚繖花序) 그늘 아래

취산화서(聚繖花序) 그늘 아래 '낮과 밤이 있는 사람은 죽은 사람 모두의 화랑이다.'라고 적었다.

자신이 태어난 곳 바로 위에 태양이 오는 때를 자정으로 하고, 처형장에 선 자를 물에 담궈 천국의 피를 빼냈던 그 고기 씻기를 간직하라고 알렸다.

촛대에 꽂혀 죽은 밤을 사모하여, 베개를 높이 베고 감정을 표현하면 내 바다엔 갈색 말〔藻〕 같은 아이들이 뒤집혀 있었다.

색의 구실은 고독하고도 짙어지는 것. 아이가 나오려는 옆구리를 쥐고 멀리서 너는 이렇게 명령했다 — 총명한 아이를 하나씩 꺼내 죽여 버리라고. 기쁨에 나는 읽어 내려가노라, 그리하여 무지한 아이들은 영원히 살아남아 나의 자랑이 되었다고.

곡강(曲降) : 신이 타는 가마 밖은 인간과 관련해 크게 세 가지 점에 대해 유보적이었다.

첫째 우리는 자연의 반대편에서 기억하고 기억의 반대편

에서 자연일 수 있다.

둘째 대낮은 밤의 평탄면을 따라 영영 복잡해져 가는 것.

셋째 당치도 않아요 당치도 않습니다, 비 온 후엔 지혜를 담아 둘 곳간이 사라지고

그러나 자신으로 말미암아 죽으려는 여인이 그 손길에 옷자락이 씻겨진들 화를 그친 천사에게 무슨 보탬이 되겠는가? 인간은 양모(養母)를 닮은 한 겹 주머니에 불과하다.

잘 짓찧은 구름과 함께 이 칭송을 떠난다.

죽을 운이어야 할 이유가 없다, 인간일 이유가 없다.

날이 밝으면 탁아소에 가서 고기 한 점을 빌어 오겠다.

곡강(曲降) : 늙은 처녀는 한 음 낮은 발목에서 성징(性徵)이 시작되고

성이 가라앉은 얼굴에선 커다랗게 양파 굴리는 소리가 났었다.

아마도 배꼽에서 얼음까지 세상의 온갖 분주한 물건을 만지고

이제 인종은 자기를 만지고 저녁놀의 피투성이가 되어도 좋다.

이제 애들은 사랑을 품고 멍청하게 자기에게 짖고 있어도 좋다.

다른 방으로 통하는 색을 쥐어 줬던 그날의 나뭇잎은

목숨을 정상위에 비유한 새의 비행 덕에 비로소 분이 풀리고 있었다.

난 지금 젖 짜는 아가씨를 따라 떠오르는 쪽이 밑 쪽이 되어 가는 나라에 있다.

곡강(曲降) : 평행선의 음악을 손가락으로 재고 — 그럭저럭 각목을 구해 온 사람과 빙글빙글 돌며 불순의 순도를 재고 — 나를 비옥하게 하는 처음 — 나가 죽으라느니, 널 안 본다느니 그런 소리들을 해 대지만 — 밤에게로 추락한 것은 아직도 지평선에 걸려 울고 — 나는 또 개썰매를 끌고 사람의 정체불명을 간단한 것으로 만든다.

지네난초

작게 눌러 끈 모녀(母女) 사이에
쪼그려 봐도 물이 안 나오던 사람,
지푸라기 한 올씩 지붕을 이어 가던 사람도
한때는 씨앗붙이 하기 좋은 별을 입에 물고 있었다.

'연공(鳶工)님, 그립습니다. 허공의 염도는 더 진해지고
한 컵 정도밖에 안 되는 애를 위해 이를 악물 때도 있었

답니다.

어느 방향으로 돌려도 그 이전이 되지 않는 입방체에 관해
부엉이처럼 오줌을 싸고 쥐의 근처를 긁어 볼까요,
태양의 깊이만큼 걸레잡이 손을 담궜습니다.'

손바닥엔 입과 털이 달린 벼락이 쳤다.

신에게서 물러가라 하는 소리와, 미약(媚藥)으로 감싼 하등충(下等蟲)에 대한 그의 사랑 얘기가 들려왔다.
소골(燒骨)이 되어 만나기 위해 운담자(雲擔者)의 가죽을 두들기고
그럴 때마다 첫 번째 아내의 기묘한 소리가 들려왔다,
오줌이 변한 걸 알고
다리에 면사포를 씌워 깨끗하게 하려는 것뿐,
'네가 언제일 수 있느냐'는 질문에 '우연히 너를 영원과 맺게 할 때'라고 답한 그 소리가.

간빙기 모양으로 걷고 난 후
무좀이 좋아졌습니다. 그리하여 걸어라,
온화한 미소를 띤 괴물아.
네가 지리다 만 인간의 꿈에서
귓속말 부근 푸르게 기어가는
지네난초라는 풀을 봤다.

버림망상 : 길 위엔 더 많은 올랭피아들이 내 팔짱을 꼈다. 나는 당당히 '고해 신부에게서 방종한 얘길 들었다'고 담벼락에 갈겨썼다. — 아직 어린 자라도 악하므로 죽이시니 — 밤엔 새가 재로 돌아간다. 그것이 죄스러워 나는 조용히 앉아 공책에 가로쓰기를 한다. 밤엔 날짐승이 포자(胞子)로 돌아간다. 그것이 죄스러워 내게 먹이를 조금만 줬다. 보(洑)의 은화(隱花)식물과 함께 앉아 그늘진 망상에 젖는다. 사계절이 다 담긴 알몸의 고요한 방탕이, 영원토록 인색히 이 닦는 사람이, 수레로 돌아간다. 한 수레를 메우는 데 밤의 벌레가 몇 줌은 더 필요할 것이다. 그러니 디뎌라, 버려짐과 오늘 밤의 격차는 여기까지다.

버림망상 : 주머니에 부스러기를 갖추고 거지를 초대한다.
달 서쪽 옥수수 남쪽 나를 몰사한 집.
쓰다 남긴 손 글씨의 혈액형을 적었다.
잎사귀를 말려 만든 구슬을 굴리며
'올해의 벌레야, 나에게 종순(從順)한 걸 부끄러워 말고 쌀로 보상받아라.'
책 중엔 '공손히 하늘의 벌을 행하고자 합니다.'
신성이 지상에 두었던 신의 가장 좁은 공간이기를 바랐던
이 처방은 어느 유파(流波)의 것도 아니다.

가내판정

휘저어진 사과수 아카시아수 옆
여남은 난바다를 생각나게 했다.
이것이 성시(聖屍)의 밤이라면
얼음이 지나간 곳에 꼬리를 말아 둘 생각들을 하고 있었다.

'소경이시여, 밤과 아름다움 사이에 낀 그대의 찌끼는 우리의 노동보다 더 자명합니다.
당신의 밖이 우리의 손끝에 만져지고 있어서입니까?'

밀물에만 드러나는 것이 되어
나는 노한 걸레질을 했다.
한 겹씩 얇게 혈관 위 날짜변경선을 보내며
싸고 있는 애벌레를 상대했다. 가만히 들여다본 엄마의 까만 통을

다리 사이에 검은 실밥을 모으고
조용히 선고되는 가내 판정을 듣는다.
조금 만져 준 소금은 더 차갑고
아플 수 없었다. 아프다면 개를 풀었다.

사구유(蛇口喩)

묻은 그림자는 그친 발 그림을 그렸다 그러나 그것의 남은 기념품은 아주 약간

나도 그것을 뉘었을 것이다. 작은 반지에 목을 걸어 두고 온 동물 은유를

물건에서 지평선이 늘어난다 그것은 짧게 도는 팽이 같고

산고(産苦)에 대한 죄악으로 뒷마루가 잘린 사람이 두드리며 운다

아 도와 다오 끈끈이에 붙은 아이에게 보조개를 쥐어 주던 물주전자 은유를

안일향(安逸鄕) — 젖을 받은 짐승 새끼에게로 손아랫사람을 데려간 흉측을

산책자 요꿀라

버찌를 말리는 요꿀라의 손끝에서 별이 구토한다.

성운엔 앞서 간 자의 흰 눈길이 쌓여 있었다.
물질의 이름이 틀렸기 때문에 신이 도망치고 있다고 소리친 요꿀라는
그러므로 사물의 흐릿함이 액운의 모습이 아니라고 생각한다.

머리에 돌을 얹은 첫 제자를 일컬어 스승은 그것이 더없이 깊고 맑은 하늘이라 표현했다.
신부의 별자리가 갓 짜낸 젖을 묻히고 싶어 하지 않는 곳이라면
잔은 촘촘히 엮을 수 있을 만큼 두터워져 있었다.
스승에 대한 마지막 공양은 웅변으로 사람의 살을 얻어내는 것이 고작이었다.

농아 언어처럼 그도 그해의 복도 끝을 한 알 두 알 세고 있었다.
새들의 발음이 달의 받침 부분을 까맣게 만든다는 것을 아니까
밀물은 교활하다, 씹을수록 길게 늘어나는 것을 세면서
사람처럼 참는 종(鍾) 이야기를 떠올리며
요꿀라는 머리카락이 붐비는 계절이 되었다.

어느 날 화난 사람은 거대한 정신을 품고 깨어나

꿈꾸게 하지도 않았고 버찌를 대접하지도 않았다.

악마가 색맹의 먼지임을 알게 된 이후 풍경엔 역치 값이 없었다.

태어날 때 매혹을 잃어버린 아이가 있었다.

요꿀라는 산책자였다.

차남이 장남의 눈을 찔렀다

차남이 장남의 눈을 찔렀다.

쥐의 등에 대고 큰 인물이 나겠다고 약속했기 때문이었다.

손을 도둑맞았다는 느낌이 좋아서 저녁을 헝클고

태양은 재에 남은 것이 더 좋군, 이발을 마친 낙천가는 늙어 간다.

차남이 장남의 눈을 찔렀다.

손안에 모아 온 잡동사니와 바꿔 인간으로 해 달라고 바랐기 때문이다.

거미줄 사이에 헌 물건을 떨어뜨리면

여름의 이웃은 바람의 오른손에 묶여 성(性)적으로 겨울인 짓을 했다.

차남이 장남의 눈을 찔렀다.

육체와 주인의 관계처럼 일개미들이 고장 나 있기 때문이다.

그가 아름답지 않다면 노동의 밤이 이야기꾼의 표정일 까닭이 없다.

오직 걷지 못하는 사람에게만 가늘게 신발을 짜도록 청한다.

차남이 장남의 눈을 찔렀다.

'신의 격정이 너에게 아름다움을 주는 것이다'라고 말하기 위해서였다.

하늘의 장애는 죽은 자의 편액이 삐뚤게 걸리는 고독.

사람을 장식하는 지혜를 얻고 나서 애들은 그 외 모르는 것을 조형(造形)이라고 우긴다.

사실상 더는 길어지지 않는 무능력의 소송 당사자로서 할 수 있는 유일한 이 말에

늦게 온 신이 일찍 온 신을 장사 지낸다.

하여 언제나 노파들인 새벽이여, 젖을 빨 수 있도록 여인에게로 나를 밀어 올려 다오,

이름은 들리는 통곡 소리에 따라 붙여진 것이다.

차남이 장남의 눈을 찔렀다.

외부인의 신극(神劇)

어떤 물에겐 섣부른 결정을 내리는 성별이 있었다.
고대 의학의 극미인(極微人)이 분노하여 데운 물처럼 자유로울 때
작은 풍랑은 굴절과 사랑에 빠진 사람부터 옷소매를 메워 나간다.

묻고자 하는 사람에게 알고자 하는 것을 그려 가르쳤다.
자오선(子午線) 부근에서 천천히 글자를 틀렸고
그것의 이름이 과두골(蝌蚪骨)을 갖고 노닐고 있었다.

그들 스스로 이름을 지운 자가 스스로 이름 없는 자에게 이름 붙이기를, 네 이름에 붙은 불을 끌 자가 없노라. 형제가 두 귀신임에도 다투지 않고 한 켤레로만 걷고 있으니 그들 스스로 이름 없는 자가 스스로 이름 없는 자에게 이름 붙이기를, 지나치게 많아지는 마음도 물건 둔 곳을 잊기 위한 꿈인 것이다.

저녁의 빚을 갚기 위한 구애의 모습으로
아이들은 북을 멀리 떠났다.
그러나 침대는 씨 좋은 돼지 되기의 꿈꾸기를 아직 여기 남겨 놓고

미(美)가 대조(對照)라는 걸 아는 서커스의 화창한 신기(神奇)처럼
나는 등한(等閒)하다.

속애(俗愛) 비웁는 자를

황지(荒地) 앞에 청승이 폈더군요.
그건 친절합니다.
오로지 악용될 수 있는 것처럼요.

이제 그만두고 손을 씻겠다는 말.
사람을 숙변(宿便)으로 갚겠다는 말.
늘 이런 진정(鎭靜)들이 염병 뒤에 도사리고 있습니다.

밤과 낮 뒤로 하나의 물고기만 올 수 있는 계절에
어느덧 무성한 주둥이를 박고 황혼보다 몇 살 뒤,
태연하게 내 목은 아름다웠던 듯도 합니다.
다정한 사람이 개의 땀을 나눠 주고 있습니다.

밤이 이슥해도 괴물지(怪物誌) 속 딸들과 달리
양손은 운이 없어 또 말뚝을 골라내고
우리 둘은 싸우는 게 아니에요, 신성을 즐길 뿐입니다

라고

있고자 한 바대로의 형상으로

바람개비를 구긴다.

응향(凝香)

—'하늘에 날것이 있기에 벗은 몸이 민망하지 않다.' 이렇게 다급한 상자인 채로

작곡가로서 밤의 출발점은 연주자로서 그림자의 종착점과 동일했다.

쓸 만한 녀석이 되기 위해 과부신(神)은 옷을 팔며 노력했었다. 구족(九族) 몰살 이야기가 이렇게 시작된다. — 창세(創世)는 이후 체험 전체의 재현이다.

겨울 번견(番犬)이 다음 겨울까지 잘 녹을 것과

인간의 안개가 신의 피에 젖어 있다는 것이 함께

개와 싸운다는 것을 나는 안다.

잠들면 또 이것이 부정에서 긍정으로

천천히 알기 어려울 것이다.

짠맛에 대한 이 감정은 어쭙잖은 것이다. 그것은 물의 껍질을 깨고 나온

더러운 띠앗이 인간으로부터 알아들을 수 있었던 단 한 마디 고백이므로

— 가면충(假面蟲) 벌레가 와서 말한다; 잠은 나를 만든 사람에 대한 모든 나.

나는 아폴론을 대표하는 죄인.

도마 위 잘라 낸 꿈을 닦고, 신들에게서 짜낸 꽃송이가 없었다고 조금 회고한다.

별을 닦기 위한 소금을 얻기 위해 썰물의 주사위를 던졌다.

그리고 개수(個數)가 없다는 이유의 나를 허공에 버렸다.

— 신발 속을 떠돌다 만나게 되는 물건은 썩은 것이 많아지는 것이 아니라 말하지 않게 되는 축제가 되어 가는 것이다. 그 때문에 농부는 몸부림친 사람이 남긴 달로 불을 지피고

접시엔 뽑힌 숭어 눈알 같은 신의 작은 머리가 올려져 있었다.

적(䵂)

접(楪)의 도표에 제일 먼저 '광대를 넣어 피가 변한 우리

의 황혼을 불쌍히 여기소서'라 적었다.

그것은 간결한 수식(數式)처럼 오랫동안 같은 답을 내놓았다.

옷을 입은 비너스에게가 아니라 목소리가 변한 뮤즈에게로
벌레의 겨울잠을 모아 주었다.

내장 끝 유충이 잠드는 장소에서 공기와 멍하게
젖을 길게 짜 놓고 평화를 기다렸다.

새로운 별의 꽁무니에서 흘러나오는 옛 별들의 음산한 매료에 젖어
가끔 뺨을 때려 스스로를 알아 가기로 했었다. 여름이면 가장 푸르게
인면(人面)을 뜯어내고 유령 각각은 흙, 풀, 돌로 죽어 있었다.
그리웠던 감정의 아랫도리를 걷고 깊게 걸으면
그 세계엔 통점(痛點)이 광점(光點)을 저주하고 있었다.

저녁에게 다리를 붙일 줄 몰랐던 다음 날의 악마에게로 기어 이별이 오니 이와 같음이 죽어 발끝에 닿지 않게 된 악기라, — 푸주한은 혼혈가수의 색깔로 노래한다.

밤은 신들이 씻고 버린 물결이니 이제 그 위에 벌레를 짜 끼얹어 불을 밝히노라.

종이비행기는 문득 밤하늘을 날아가 병신의 오솔길에 버려졌다.

하여 가장 주둥이가 깊어 더 고대의 것인 하늘도
때가 되면 둥지를 긁어내는 노동을 맞이하겠다고 여기지 않겠는가?
천한 이에겐 그래서 이 우주가 나이가 각기 다른 손가락을 한 손에 달고 있다고 믿게 된다.
— 한 계절을 이동하고 한 자를 고치며 한 자를 삭제하고 한 자를 새로이 짓다.
— 인간이 구멍으로 흘러나와 싸고 눕의 차례가 정하여 지다.
충매화(蟲媒花) 잎 위에 독을 묻힌 보자기를 풀고
죽은 사람 앞에서 숲이 딱따기를 치고 있었다.

끌어안고 아껴 꾸는 이응(ㅇ)자
잔몽(殘夢) 속의 어린 악무한도
악사가 달을 기울이는 모습으로
모든 문의 경첩을 닦아 둔다.

성문(成文) 선지자가 이르길 자신(子神)은 부신(父神)을 잃은 지상의 마지막 조각이라 하였다.
병난 가축을 돌보던 그 일이 권근(倦勤)하여 기르던 사람을 죽여 고기를 넣고 국을 끓인다 하였다.

그 축제를 위해 사람을 안에서 밖으로 뒤집어 붉은 저녁을 만든다 하였다.

네게서 종묘(種苗)를 얻어 와 밤과 낮 빛깔의 두 송이를 얻었다.

고대시집(古代詩集)을 읽자 모두가 발밑 없는 나라에 와 있었다.

죽어 또 귀신이 된 너와 만나 즐거웠다. 나는 그런 동물에게서만 오직 구했다.

그 나라의 성스러움이 어디 있는가를

있는가를

■ 작품 해설 ■

고대(古代)의 화충(花蟲)

서동욱(시인 · 문학평론가)

고대시집(古代詩集)을 읽자 모두가 발밑 없는 나라에 와 있었다.

죽어 또 귀신이 된 너와 만나 즐거웠다, 나는 그런 동물에게서만 오직 구했다,

그 나라의 성스러움이 어디 있는가를

있는가를(147쪽)

1 프롤로그

고대의 서책들로부터 쏟아져 나오는 어둡고 장엄한 구절들이 시집 앞에서 당혹한 이들을 휘감는다. 의미에 접근하

는 길이 차단되어 있는 비밀스러운 시고(詩稿)의 세계로 우리는 순식간에 들어선다.

산문집, 독서와 공부, 시타르 연주, 시작 강의, 그리고 무엇보다도 네 권의 시집. 간소화되고 가능한 한 범위가 축소되었으며, 오로지 창작이라는 생산물이 있고서야 빛을 발하는 조용한 세계. 이것이 연호다. 그는 오로지 그의 작품일 뿐이다.

그리고 여기 우리는 이 다섯 번째 시집을 펼쳐 두고 있다. 조연호에게 평소 문예지를 통해 발표하는 시들은 시집을 위한 재료 정도의 역할을 하는데, 그는 발표된 시들을 해체해 시집 한 권 단위의 한 작품으로 만든다. 그것은 개개의 시를 작성하는 것과는 차원이 다른 새로운 노동이며, 그 노역의 마지막 소산과 더불어 몇 년간의 집념은 비로소 멈추어 선다.

그 한 권의 시집이 의미의 통일체인지, 정서의 통일체인지, 작법의 통일체인지, 아니면 경험의 통일체인지는 전적으로 독자의 독서를 향해 열려 있는 문제다. 다만 중요한 것은 이 한 권의 시집은 해체해서 다시 엮으면 훼손되는 유일무이한 하나의 작품으로 여겨져야 한다는 점이다.

2 한자

시집의 문들이 열리면 무엇부터 기다리고 있는가? 먼저 이전부터 시도되어 왔지만 이 시집에서 더욱 두드러져 보이는 한자의 활용에 대해서 이야기하지 않을 수 없다. 그가 예전에 시집을 엮을 때 한자가 한글로 표기됨으로써 시의 원래 색감과 질감이 희석되어 버리는 데 아쉬움을 표했던 사실을 우리는 잘 알고 있는데, 이는 그가 얼마만큼이나 시 짓기에 있어 한자에 의존하고 있는지를 잘 알려 준다.

한자의 중요성은 이 시집의 어느 페이지를 열어 보든 쉽게 확인할 수 있다. 단지 한자로 된 단어를 많이 구사하는 문제를 넘어서, 오늘날 사용하지 않는 한자 말들이 부지기수로 출현하고 있다. 권장하는(근데 누가 권장하지?) 모국어의 지향점을 비웃는 것이다. 그러니 이 시 짓기는 국민문학에 대한 완벽한 포기이며, 이 포기와 더불어 시를 묶어 놓는 크고 작은 고려 사항과 사슬들은 다 쇠비처럼 바닥에 소리를 내며 문학으로부터 떨어져 나간다. 사정은 독일인이 없는 독일어(카프카, 첼란) 또는 헬레니즘 없는 그리스어(바울)와도 같지 않을까?

가령 그는 예수를 '기독'이라고 표기하는데("머리가 부서진 작은 기독상(基督像)을 암수로 나눠 품고"(22쪽)), 오늘날 '기독교'라는 단어의 사용 외에는 일상에서 흔치않은 이 표현은 국한문혼용체로 시를 쓰던 시절의 이상의 표기 '기독'을 떠올리게 한다. 무슨 일이 일어나고 있는가? 단지 한자가 등장하는 것이 아니라, 한자와 더불어 사라진 세계, 넓게 통칭하여 '고대(古代)'가 등장하는 것이다.

한글 사용 확산을 지속적으로 추구해 온 문화 안에서 과도한 한자 사용을 통해 시를 짓는다는 것은 무엇을 뜻하는가? 의미 전달의 도구로서가 아니라 한자 그 자체가 지닌 질감을 활용하는 것은, 문학사적으로 보자면, 소통 불능 자체를 소통의 도구로 활용했던 손창섭의 「혈서」에 나오는 박노인의 편지가 대표적일 것이다. 한자의 질감을 통해 세대 간의 단절, 허세 등등 미묘하고 복잡한 상황이 효과적으로 드러나는 경우였다.

그런데 조연호에게 '한자는 무슨 일을 할 수 있는가'라는 질문과 시 짓기를 통해 이루어지는 이에 대한 응답은 다른 어떤 작가의 경우와 비교할 수 없는 근본 문제다. 한자는 라이프니츠 같은 유럽의 표음문자 사용자가 보기엔 귀머거리가 창안한 문자다. 그것은 귀가 아니라 눈에게 이야기한다. 까다로운 성조가 알려 주듯 아마도 진정한 소리로서 한자를 들을 수 있는 민족은 고대 중국인들밖에 없을 것이며 우리는 본질적인 차원에서는 벙어리와 귀머거리로서 한자를 사용한다. 그리고 그것은 바로 벙어리와 귀머거리가 두드러지는 조연호의 시 세계가 필요로 하는 문자다. 의미심장하게도 시인은 '자서'에서부터 이 시집이 "또한 사람 입을 뭉개 없앤 자의 설명"일 것임을 암시하고 있다. 그리고 입이 없는 자의 말하기란 이런 것이다.

모래처럼

모래에 의해서만

가만히 입을 방패 삼는다(92~93쪽)

모래의 말, 바로 벙어리의 말이 이 시집의 언어가 된다. 벙어리와 귀머거리는 도처에서 출현한다. "한쪽 입을 동여매고"(78쪽), "수탉에서 암탉으로 이틀이나 달린 사람을 위한 벙어리가 필요하게 됩니다"(70쪽), "내 안의 벙어리와 귀머거리"(22쪽), "고막을 닫고 평생을 밀치는 버러지가/ 고요를 쳐서 약간의 침묵을 얻는다는 것을 안다"(31쪽). 귀머거리가 한자의 고요를 쳐서 약간의 침묵을 얻어 내는 일, 그것이 바로 조연호의 시다.

전통에 어떻게든 맥을 대고 있는 리듬이나 순우리말에 대한 애착 등을 찾아볼 수 없는, 국한문혼용체의 독자적인 새 버전이라 해야 할 이 시집은, 이렇게 한자의 침묵에 의존함으로써 저만의 소리를 갖게 된다. 그것은 조연호 산문집의 제목을 빌려 말하자면, 잘 안 들리는 것, 그러나 그 잘 안 들림 속에서 듣기의 행복을 경험하는 것, 곧 '행복한 난청'을 야기하는 소리다. 굳이 가시화하자면 그것은 인간이 들을 수 없는 소리, 그러므로 인간의 시가 내지 못하는 소리, 벌레(곧 한자의 닮은 꼴. 『충사(蟲師)』가 알려 주듯.)가 내는 소리 같은 것이리라.

또한 조연호의 한자는 일상적인 맥락에서 사용되는 한자가 아니라, 세상의 질서 자체의 변형에 개입하는 문자로서, 심지어 눈에 대한 문자의 호소인 빛조차 사라지게 하기도 한다. "밤의 글자는 묵등(墨等)의 시(詩)다/ 그 뜻에 따라 정전(停電)이 왔다"(26쪽). 붓이 하나의 문자를 종이에게 안겨 주면 스위치를 내리듯 어둠이 내린다. 세상의 이치에 개입하는 이런 문자의 마법은 인류의 오랜 추억과도 같은 것, 그러니까 문자와 인간이 맺고 있었던 아주 오랜 관계였으니(작용하는 문자인 '부적'의 경우도 여기 속한다), 가령 16세기의 의사 파라켈수스의 다음 글에서 그 추억을 발견할 수 있다. "적절한 시간에 이 말을 독피지(犢皮紙)나 양피지 또는 종이에 써서 뱀에게 보이기만 해도, 뱀은 이 말을 큰 소리로 분명하게 발음했을 때처럼 움직이지 않을 것이다."(미셸 푸코, 이규현 옮김, 『말과 사물』(민음사, 2012), 67쪽에서 재인용) 문자는 작용한다. 한마디로 조연호의 시 세계가 창조한 한자의 마법이 시를 평균적인 빛과 소리로부터 감추어 버린다. 그 세계는 "맹아와 농아가 오목거울로 모아 온 것"(99쪽)이다.

그런데 어려운 한자를, 일상에서 쓰이지 않는 맥락에서, 그리고 시가 지금껏 꺼려 왔던 방식으로 구사한다는 점에서 이 시 짓기는 고집스러울 만큼 완벽한 고립의 세계인가? 예외적인 세계인 것만은 틀림없다. 최근 시인들 가운데 조연호는 지금껏 한국 시에서 유래를 찾기 어려운 독자적인 시 짓기를 해 왔다. 푸코의 말을 빌려 표현하면, 조연호의 문학은 "다른 모든 담론을 거슬러 자신은 접근하기 어려운 존재라고 단언하는 것을 유일한 법칙으로 하는 언어의 무조건적인 발현"(『말과 사물』, 416쪽)이다. 독자와 비평가들의 접근을 어렵게 해 온 저 예외성에다 한자는 그 문자 특유의 어려움을 가지고 난해성의 무거운 벽돌 한 장을 더 올려놓고 있는 것인가? 그렇지는 않은 것 같다. 이 시집에 걸맞은 이름은 '고대시집'이며, 고대 문헌을 다루는 이 시집을 특징짓는 취향인 '문헌학'을 잊어서는 안 된다. 우리는 모든 것을 고대의 문헌으로부터 유래하는 비전(秘傳)처럼 접한다.

'어떤 물결을 향해 힐문을 적고 있는 것인지/ 너무 오래 갇힌 바다가 덧문을 넘고 있다'
고대의 시를 인용하며 그녀가 보내왔다(36쪽)

전해져야 할 모든 내용은 화자의 독자적인 내면으로부터 유래하는 것이 아니라 고대의 문헌으로부터 유래하는 듯이 꾸며져 있는 것이다. 가령 이렇게. "성문(成文) 선지자가 이르길 자신(子神)은 부신(父神)을 잃은 지상의 마지막 조각이라 하였다."(146쪽) 고대의 문헌을 인용하는 이런 화법은 이 시집에서 가장 두드러진 것이며 제일 흔하다. 고문헌에 대한 의존으로부터 시 형성의 추동력을 얻는 것에는 어떤 비밀이 담겨 있는가? 모든 말들이 기원적으로 고문헌 안에 자리 잡음으로써, 한자의 밀도 높은 사용과 어려운 내용들이 기원적 진리의 차원에 놓인다. 난해함은 진리를 고문헌으로 만들어 버린 시간적 격차의 표현일 뿐이게 되며, 그 자체 사악한 것이 아니게 된다. 요컨대 한자와 그것이 전하는 어려운 내용은 불완전한 표기법의 소산도 아니고, 한 시인 개인의 미친 발상도 아니게 되며, 바로 고대의 진리가 되는 것이다. 이런 방식으로 이 시집은 어려운 예술 앞에서 독자의 눈이 진지하게 되도록 만드는 권한과 매력을 얻게 되는 것이다.

그러나 진리의 자리로서 고문헌이란 사실 진리라는 착시 현상을 일으키는, 진리와 상관없는 '미끼'다. 조금만 생각해 보면 본질적으로 문헌학에 대한 관심은 진리에 대한 관심과 서로 다른 길에 놓여 있다는 것을 쉽게 알 수 있다. 고문헌 연구란 진리란 현재하지 않는다는 것, 지금의 언어 속에 진리는 없다는 것을 전제로 한다. 이는 신은 현재하지 않는 죽은 신이란 말과도 같다. 가령 성서의 대홍수 서사를 근동의 다른 고문헌 속에서 발견하는 연구를 한다고 생각해 보라. 변명은 많겠지만, 그것은 결국 신의 진리를 이야기의 베껴 쓰기 차원으로 끌어내리는 냉소적인 작업이다. 고문헌을 존중하는 조연호의 제스처는 그 문헌 안에서 사실 어떤 진리도 확인하지 않는데, 이는 그가 고문헌의 어떤 인물도 존중하지 않는다는 데서도 쉽게 알 수 있다. "기독"(22쪽), "키클롭스"(18쪽), "트로이인의 석양"(29쪽), "빽덕어멈"(32쪽) 등이 나오며, "물결로 너희를 밟아 죽이리라던 신"(16쪽), "형제 살해라는 태고의 시가"(38쪽), "기름 부음"(35쪽) 등 너무도 친숙한 신화적 사건이 출현하지만, 이 어느 것에서도 원형적 형태를 알아볼 수가 없다. 조연호에게 신화란 너무 먼, 아주 흐릿하게 남아 있는 기억, 더 이상 작용하기엔 너무 늙은 것, 바로 진리가 아닌 것이다. 이렇게 신화가 전적으로 비진리로 취급되고 있다는 점은, 이와 정반대의 경우인 T. S. 엘리엇을 생각해 보면 보다 쉽게 이해할 수 있다. 「황무지」의 경우 콜라주처럼 흩어진 시적 장면들은 배후에 숨겨진 원형적 진리로서 어부 왕 신화와 기독교적 진리에 꽉 붙잡혀 있다. 조연호에게서는 종종 신화들이 출현하더라도 그것은 그저 찢어진 채 한 부분 읽히고 또 급류에 휩쓸려 사라져 버리는 페이지들일 뿐이다.

그러나 본질적으로 진리에 대해 무관심한 고문헌에 대한 관심은 우리에게 진리와는 다른 의외의 선물을 던져 준다. 고문헌이 우리와 진리 사이를 심연처럼 가른 채 두꺼운 방벽처럼 자리잡고 있다면 이는 무엇을 뜻하겠는가? 바로 진리로부터 떨어져 나오고, 그러므로 해서 그 자체 자유롭게 자신의 고유한 밀도를 형성한 언어가 고문헌의 형태로 존재한다는 점이다. 이제 진리도 윤리도 방해하지 못하는 전적으로 독자적인 언어의 두께가 우리에게 있다. 그렇게 하여 조연호에게는 언어의 깊이를 무한히 탐구할 수 있는, 시인으로서 누릴 수 있는 가장 풍요로운 운명이 열리는 것이다. 시 짓기는 이제 이하(李賀)의 고대 시고(詩稿)를 레이스처럼 만들며 먹어치우는 화충(花蟲)의 영원한 독서와 식사를 돌보는 벌레 키우기 같은 것이다.

3 가족

그러나 벌레 이전에 가족을 먼저 살펴야 한다.

언어는 그야말로 깨진 달걀처럼 흘러 다닌다. 방향을 예측할 수도 없고 의미를 형성하지도 않는다. 시인은 미친 소리를 내뱉고, 평론가는 그것을 주워서 소설 한 편을 쓰는 식의 흔히 보아 온 접근을 전혀 허용하지 않는 것이다. 강물이 잠시 멈추는 몇 개의 소용돌이 같은 것이 있으며, 우리는 그것을 통해 시의 흐름이 반복해서 만들어 내는, 그러나 결코 고정된 것은 아닌 형태를 잠시 목격할 뿐이다. 가족이 있고, 벌레가 있고, 신들이 있다. 그것은 연체동물의 피부에서 생겼다 사라졌다를 반복하며, 그 동물의 형태를 반복적으로 점멸하게 하는 뿔들과도 같다. 그러나 형태를 확정 지을 뿔들의 고정된 자리는 어디에도 없는 것이다.

그러므로 가족이 있지만, 가족에 대한 이 파편적인 시구를 가지고 서사적 의미를 구성할 수 있다고, 또는 화자의 자아에 대한 정신분석을 수행할 수 있다고 믿어서는 안 된다. 액면 그대로 쓰인 것 바깥으로 나아갈 수가 없다.

우선 어떤 해석이 부축해 주지 않더라도 스스로 가족 관계(특히 부모 자식 관계)를 해설하고 있는 다음 시구들을 읽자. “존속살해자”(33쪽), “그해엔 부모를 물 아닌 여행이게 하는 데 사용된 아이 목이/ 강물에 떠오르는 걸 감상하며 느긋이 차를 마시곤 했지”(49쪽), “그해 아버지의 축구는 비듬처럼 희게 나풀거렸다/ 아기는 죽여야 한다고 속삭인/ 그 남자의 풀밭”(32쪽), “엄마가 잘 가라는 인사를 하러 오지 않았다”(33쪽), “돈을 모은 후엔 가족과 헤어졌다”(73쪽). 일단 우리는 가족 관계를 형성하며 또 부수어 버리고 있는 깊은 증오심을 엿보는 것 같다.

아울러 자식은 제사에 쓰이는 가축처럼 다루어진다. “할아버지의 일몰은 지금껏 먹여 온 젖으로 발라 구운/ 친아들을 수퇘지와 혼인시킨다”(29쪽). 엄마가 자식을 위해 기도할 때 그것은 자신이 지옥에 가지 않기 위한 노래다. “우리 은혜가 자녀의 평탄을 지휘하는 자의 것이게 하소서,/ 지옥에 안 가는 노래를 불렀다”(90쪽) 그리고 이런 가족 풍경을 바탕으로 또 구절들이 쏟아지는데, 부모에 대해 쓰고 있는 다음 네 가지 중요한 시구들이다.

부모는 일기에 나에 대해 더러운 말을 쓰고 잤다(22쪽)

부모는 일기에 내가 한 짓을 숫자로 적어 두고
점점 복잡해지는 수식을 풀기 위해 주무시지 않고 계셨다(23쪽)

엄마는 다른 남자에게 나에 대한 더러운 고백을 하고 갔다(22쪽)

남을 속일 수 있게 될 정도로 글을 익히자
부모는 그 후로 돈을 보내왔다(37쪽)

이 구절들은 '일기 같은 문자'나 '내가 한 짓을 암호화한 숫자'나 '고백의 대상인 다른 남자'나 '속임수의 수단인 글'이나 '돈'을 이야기하고 있는데, 이 모든 것들의 본성은 한마디로 '대리물'이라는 것이다. 대리물은 진품이 아니며, 그 표현 자체가 알려 주듯 '그것이 대체하는 바의 부재'에 의해서만 특징지어진다. 루소는 『에밀』에서 어린아이가 돈에 몰두한다면 그것은 타락한 것이다라고 생각했는데, 이 타락은 돈의 대체물로서의 본성, 진품 아닌 '가짜'라는 성격에서 기인하는 것이다.

또한 여기서 이 대체물은 강제적인 성격을 지닌다. 문자라는 대체물이 지니는 놀라운 강제성은 아버지가 자식에 대한 나쁜 편지를 들고서 길길이 뛰는 카프카의 「판결」이나, 상급자이자 친척인 장교에게 보낸 어머니의 편지 때문에 부끄러워하는 신병의 심정으로부터 시작하는 클로드 시몽의 『플랑드르의 길』에서 잘 드러난다. 문자란 남의 일기나 편지에 쓰인 나에 대한 기록이 그렇듯 내가 어쩔 수 없는 영역, 나의 제한성과 수동성을 설립한다.

가짜이자 강제적인 것. 세상에서 정체성을 가진다는 것은 바로 대체물이라는 가짜의 영역으로 들어와 그것이 야기하는 저 제한성과 수동성이 나의 운명이 되는 일일 것이다. 그리고 조연호에선 바로 "부모"가 이 가짜 문자의 강제 내지 문자가 불러오는 소외를 일으켜 가족이라는 정체성을 꾸민다.

4 벌레

그리고 부모들 곁에서 가장 중요한 벌레들 또는 병균들이 등장한다. 조연호는 벌레 시인이라는 이름표를 주어야 할 만큼 벌레에 집착한다.("자기의 천성이 현미경 안 짚신벌레 곁에서 울고 있다"(36쪽).) 벌레는 늘 시였다. 라블레에게서 벌레는 생각지도 못한 언어적 분류의 가능성을 표현해 주는 장치로서 외스텐의 음식이다. 카프카에게 벌레는 사회적인 삶의 조건 바깥에 놓이는 체험을 가시화해 주는 장치다. 발레리의 「해변의 묘지」나 딜런 토마스의 「꽃을 밀어내는 푸른 도화선을 통과하는 힘」에서 시체를 뜯어먹는 벌레는 삶과 삶 속에 들어 있는 생기가 얼마나 얇고 허약한 유리 한 장으로 잠시 잠깐 보호되고 있는지 알려 준다. 그러나 이 모든 시적 코드들은 조연호의 벌레에 접근하는 길을 찾는 데 그리 큰 도움을 주지는 못한다. 오히려 조연호가 벌레를 다루는 화법에 근접한 것을 굳이 찾아보자면, "아주 먼 옛날 낯익은 동식물과는 전혀 틀린 기괴하고 하등한 무리들. 사람들은 그런 이형의 무리들을 두려워했고 언제부턴가 그것들을 가리켜 벌레라고 불렀다."로 시작하는 『충사』라고 해야 할 것이다. 『충사』 역시 고문헌의 비밀스러운 전언을 전하는 투의 화법을 매우 즐기는 작품인데, 사람이며 벌레의 성질을 가진 자, 한자로부터 생겨나는 벌레, 소리를 먹어 귀머거리로 만드는 벌레, 인간의 꿈을 지배하는 벌레 등등이 과거 요괴가 담당했던 일들을 매우 새로운 방식으로 수행한다.

조연호의 벌레 역시 그러한 요괴와도 같은 성격을 얼마간 지니고서 보이지 않는 곳에서부터 인간의 정체성을 와해시키고 있다. 보다 구체적으로 보자면, 먼저 벌레들은 (가짜) 가족 속에서 구현되는 저 제한성 내지 수동성, 한마디로 "처형대"로 표현될 수 있는 세계와 상극이다.(이미 인용했던 "아기는 죽여야 한다"(32쪽)는 벌써부터 강력하게 '처형대'라는 표현을 부르고 있었다.)

벌레를 비볐던 문 뒤편
처형대로 가지 않기 위한 주문을 한다(52쪽)

문 하나를 사이에 두고 벌레의 즐거움과 처형대가 놓여 있는 것이다. 물론 저 즐거움이란 여자와 같이 벌레를 비비는 일, 말 그대로 성관계다. 딜런 토마스가 「문 두드리기 전에」에서 남근을 "자식을 만드는 벌레(fathering worm)"로 표현한 이래 그것은 여자의 몸을 드나드는 벌레인 것이다. 이 벌레들이 능동적으로 또는 자신을 희생하는 방식으로 가족 관계 모두를, 그러므로 제한성과 수동성을 포함한 나의 정체성을 와해해 버린다. 가령 이렇게.

거웃이 멎어 버린 사람들이 가장 웃겼다 특히
매춘한 어버이 대신 자식이 매독으로 죽는 백치의 풍토기(風土記)가(34쪽)

우리는 조연호에게서 자식을 소멸시키는 매독 균을 벌레와 구별할 필요가 없을 것이다. 조연호에게서 벌레의 힘은 요괴처럼 마법적이며, 그것이 작용하는 방식은 전염병과도 같다. 그러므로 뱀이건 곤충이건 질병이건 요괴건, 그것들을 일컫는 정확한 시적 명칭은 '벌레'다. 이 벌레가, 가령 자신의 희생을 통해, 앞서 우리가 이야기했던 가족 관계를 소멸시켜 버린다. 국소적인 상황에 국한되는 이야기임을 전제로 말하자면, 이 소멸은 그레고어 잠자의 벌레 변신이 가족의 안정성을 파괴하는 것과도 비슷하게 아래처럼 일어나기도 한다.

단 일격의 지혜도 거절하오니
오늘의 발광 너머 이 더운 벌레를
어머니 채찍으로 휘갈겨 주소서(107쪽)

벌레는 어머님 일행에게 찢겨 죽었다(113쪽)

벌레가 가족 관계 안에서 출현하는 이름을 견디지 못하고 그것을 와해하는 방식은 다음과 같은 극적인 양식을 갖추기도 한다.

서사시에서는 부모를 정화한 자식의 뱀이 쏟아지고(35쪽)

배 속의 태아와 결혼을 약속한 이들 가족은 어질게 해체되고
이것이 마르면 각자의 방은 사마귀와 색이 같아질 것이다(122쪽)

"가족은 어질게 해체되고" '사마귀' 색의 방이 들어선다. 그리고 궁극적으로, 가족적 관계, 그러니까 사회적 정체성

의 기본적 구도를 와해시키는 벌레의 작업은 다음처럼 '인간' 자체를 부수는 일, 인간의 이름 뒤에서 익명성을 드러내는 일에 다름 아니다. "충개(蟲疥)가 모여 사람의 입을 끄르고 있었다"(89쪽). '충개'는 옴벌레가 옮기는 피부병이다. 피부병을 가져오는 옴벌레가 사람의 입 주위에 모여 봉인된 입을 끄르고 거기서 사람 아닌 것, 벌레의 마법에 응답하는 것을 끄집어 낸다. 이 역할을 장티푸스가 보다 명확하게 수행하는데, 장티푸스는 물을 통해 인간 안으로 들어서지만, 당연히 인간 아닌 것으로서 인간이라는 영토를 소유한다.

> 나는 인간의 화관이 아니다, 나는 장티푸스다
> (……)
> 나는 장티푸스다, 그저 조용히 염병을 멈추는 것으로 나의 수조는 개탄과 실패를 모두의 식수에 흘려 버렸다(43쪽)

벌레의 세계에서 염병의 사라짐은 완쾌로 기술되지 않으며, 개탄과 실패가 흘러가는 물로 표현된다. 이렇게 조연호의 시는 과거 가족 관계와 같은 인간성의 지배 아래 놓인다고 생각되었던 영역들이 벌레들의 관점에서 어떻게 다시 일어서는지를 보여 준다. 다음의 흥미로운 구절들을 보라.

> 옷을 입은 비너스에게가 아니라 목소리가 변한 뮤즈에게로

벌레의 겨울잠을 모아 주었다.

내장 끝 유충이 잠드는 장소에서 공기와 멍하게
젖을 길게 짜놓고 평화를 기다렸다.
(……)
여름이면 가장 푸르게
인면(人面)을 뜯어내고 유령 각각은 흙, 풀, 돌로 죽어 있었다.(145쪽)

벌레는 인간에 속해 있으면서도 인간이 스스로 사라져야만 거기 도달할 수 있는 거대한 영역들을 지배하는데, 그것이 정신에서는 '잠'("겨울잠")이고 신체에서는 '내장'이다. 인간 안에 있지만 인간이 지배하지 못하는 두 영역, 바로 잠과 내장을 마치 왕국의 영토를 분할해 가진 두 왕처럼 벌레가 잠과 내장을 차지하고 있다.(인간 안의 비인간적 영토인 잠을 지배하는 벌레에 대한 훌륭한 구절이 있다. "가면충(假面蟲) 벌레가 와서 말한다; 잠은 나를 만든 사람에 대한 모든 나."(144쪽)) 그리고 한 개체인 인간을 뛰어넘어 생각해 보자면, 인간의 얼굴("人面")을 치운 곳에 바로 자연이, "흙, 풀, 돌"이 있다. 결국 인간의 얼굴이라는 것은 잠도 내장도, 물론 자연도 덮지 못하는 작은 손수건일 뿐이며, 이 손수건을 바느질로 겨우 이어붙인 가족 관계 같은 것은 벌레의 침입 앞에서 마분지로 만든 성벽처럼 쉽게 구겨질 뿐이다.

또는 인간은 인간 아닌 것으로 속이 찬 껍질, 양말에 짚을 넣고 눈 코 입을 붙여 만든 인형 같은 것이리라. 이렇게 말이다.

> 인간은 양모(養母)를 닮은 한 겹 주머니에 불과하다.
> (……)
> 인간일 이유가 없다.
> (……)
> 사람의 정체불명을 간단한 것으로 만든다.(133쪽)

5 신들

그러나 신들의 개입 없이는 벌레의 이 대단한 작업이 아무것도 아닐 것이다. 우리 문화가 익숙해 있는 신의 정체성의 도표에 맞추자면, 조연호의 신들은 그냥 '잡신들'이다. "돼지 모신(母神)의 발굽"(130쪽), "과부신(神)"(143쪽), "번개는 취한 신처럼 항진하리라"(자서, 86쪽). 과부, 취객이 신이 세상을 거니는 모습이다. 중요한 것은 신이 잡신일 때만 그것의 자연 내재적인 지위와 일상이라는 신의 출현 무대가 확보된다는 것이다. 그렇게 하여 이 잡신들은 '벌레들의 세계'와 '인간적 관계' 사이에 놓인 긴장이 운동할 수 있도록 해 준다.

또한 신들은 잡신들임에도 불구하고 근본적인 층위에 놓인 장엄한 질서의 자격을 가진다. 아래서 주로 시간과 관련되어 묘사되고 있는 신은 우주의 일기(日氣)를 주관하는 지붕과 같은 위치를 가진다.

신악(神樂)을 연주하는 악기답게
낮에 출현하는 자에겐 밤이 기거한 집이 담겨 있으셨다(53쪽)

신의 침상 가까이 아침의 빛나는 오점 앞(81쪽)

달력이 끝난 해에 신을 먹는 자들이 등장(129쪽)

늦게 온 신이 일찍 온 신을 장사 지낸다.(140쪽)

이 구절들은 신이 달력이나 낮 밤, 또는 앞섬과 뒤늦음 같은 논리적 관계라는 것, 곧 우주의 질서로서의 지위를 가진다는 것을 잘 말해 주고 있다. 그러나 이 질서는 이신(理神)의 톱니바퀴 같은 합리성이 아니라, 잡신이 주관하는 극적인 사건들에 의해 진행된다. 가령 이렇게. "과거 신은 미래 신의 형상을 보기 위해/ 불타는 화덕에 자기 손을 넣었다"(86쪽). "늦게 온 신이 일찍 온 신을 장사지"내는 일은 논리적 질서이나, 이 신들이 잡신들일 경우엔 이 질서가 돌아가게 하기 위해 불타는 화덕에 손을 집어넣는 우매하고도 장엄한 사건을 일으켜야 한다. 마찬가지로 번개는 물리적이지만, 번개를 움직이는 것은 취한 잡신이다. 이렇게 신은 역설적이게도 일상 내재적인 유한성 속에서 보편적 질서를 겨우 획득한다.(그리고 혼란스럽게 들릴지 모르겠으나 사실 이런 잡신의 초상이 인류가 대체로 알고 있는 신의 모습인데, 그 모습은 이교도의 '변신이야기'부터 시작해, 그 이야기에서 결코 거리가 멀다고 할 수 없는, 인간적 수동성으로 변신한 말구유 속의 그리스도 이야기에 이르기까지 신 담론을 지배한다.)

조연호에게 이 신들의 출현이란 얼마나 중요한가? 인간관계, 즉 가족 관계는 앞서의 표현을 빌리면 가짜가 강제하는 "처형대"일 뿐이지만, 신은 그의 화자들이 행위의 진정한 척도로 삼는 것이다. 가령 이렇게 말이다. "누군가를 사랑하자 신벌(神罰)을 기대하게 되었다"(40쪽). 자연의 장난 때문에 생긴 사랑을 가늠하기 위해 진정으로 기댈 만한 것은 인간의 법이 아니며, 신벌 외에는 없는 것이다. (그러니 진정한 사랑은 운명의 방향을 돌리는 살인 같은 형태를 띠지 이혼 법정 같은 찌질한 가족 법 속으로 들어가지는 않는다.)

신들이 없다면 벌레가 인간을 해체하는 일이란, 그저 박테리아가 시체를 녹여 버리는 과정을 촬영한 기록 필름 정도 외에 무엇이겠는가? 그러나 바로 신들이 있다. 벌레는 신과 종이 한 장 차이로 나뉘어 있으며, 신의 음화(陰畵)와도 같다. "뱀은/ 신의 물건이 벗겨지지 않도록 다리를 없앤 것이라고 표현해 왔다"(36쪽). 앞서 말했듯 조연호에게서 뱀은 벌레의 일종이며, 이 뱀의 다리 없음은 저 구절이 말하듯 신을 원리로 삼지 않고는 이해될 수 없는 것이다. "사자(死者)가 같이 담기기를 기원했던 신이 담긴 그 물"(53쪽)이란 구절이 알려 주고 있듯, 인간으로부터 해체돼 죽음의 통로를 걸으며 사자가 된 자는 다른 곳이 아니라 바로 '신이 담겨 있는 곳'으로 가려고 한다. 즉 신은 원리다. 또 이런 구절도 출현한다. "귀신에게 채소를 바치고"(59쪽). 역시 인간의 노동의 산물(채소)은 그것이 움직이고 가치 있게 되는 원리로서 신을 배후에 두고 있다. 구더기가 하는 노동의 원리도 다음과 같이, 신이다.

> 물드는 서쪽에 사람으로 구더기였음을 두고
> 할아버지들은 돌아간다 떨어진 씨앗이 내게 막대를 꿰던 날
> 죽어 또 귀신이 된 너와 만나 즐거웠다(9쪽)

심지어 배설을 하는 일의 원리에도 신이 있다. "다급한 변의(便意) 속에/ 신이 되려는 매일의 나"(12쪽). 결국 만일 인간에서 벌레로의 이행이 '가치'를 지닐 수 있다면, 그 가치는 신으로부터 오는 것이다. 다음 구절에서 우리는 이 점을 짐작해 볼 수 있다. "신의 격정이 너에게 아름다움을 주는 것이다"(140쪽). 당연하게도 "아름다움"은 가치 가운데 대표적이지 않은가?

한마디로 인간의 영역을 차지하는 벌레의 작업은 신들의 터전 위에서만 그것의 본래적인 면모를 갖추며, 그것은 신들이 마련한 터전에 의지해 불을 밝히는 일과도 같다. 조연호는 이를 다음과 같이 쓰기도 했다. "이 과잉한 짐승의 흥분을 제한할 옳은 사육사를 고대인은 신의 흥분에서 찾았다."(「내가 나 자신에게 적을 향해 던지는 투기(投機)를 위임하고」, 《시와 사상》, 2013년 가을호) 신은 벌레(짐승)의 터전, 그것을 제한하는 원리다. 그리고 아래 구절을 보라.

> 밤은 신들이 씻고 버린 물결이니 이제 그 위에 벌레를 짜끼얹어 불을 밝히노라.(145쪽)

터전은 신이 마련하고, 그 위에 불을 질러 새로운 것이 도래하도록 하는 이가 벌레다. 또는 형태 지닌 것을 녹이고 병들게 하고 부패하게 만드는 벌레의 일은 바로 신들의 질서 안에 놓이기 때문에 신적인 과업이 될 수 있다. 쉽게 말해 신의 이름을 빌려 쳐들어 온 벌레 덕분에 인간은 강제적으로 자신에게 씌워진 인피를 찢고 나와 병신이 되는 것이다.

> 망(網) 속의 곤충이 나를 배설하는 의약을 제조할 동안
> 브로드만 뇌지도(腦地圖)를 더듬으며
> 내가 나를 문 이 기쁨을 어떻게 설명할 수 있을까

오 행복한 우리 아이가 신의 이름에서
병신이라는 그 나라의 여염집을 얻기까지(75쪽)

인간은 질병을 앓아야 인간 아닌 것으로 깨어나며, 이 인간 아닌 것은 인간들에게 병신이라 불린다. 그리고 신은 벌레가 뇌를 침입하는 이 질병을 주관하고, 그래서 마땅히 그것은 '신성한 벌레'다. 말똥구리의 어리석은 경단이 태양신의 질그릇 속에 들어와 도르르 굴러갈 때 이 벌레 한 마리와 더불어서 이집트인들의 탄생과 죽음, 우주와 모래를 움직이는 톱니바퀴가 비로소 돌아갔다는 것을 우리는 잘 알고 있다. 고대의 말똥구리처럼 저 '족보 없는(이게 중요하다!)' 잡신의 구질구질한 벌레는 신성하다.

신은 지금 질병을 가지고 인류를 설거지하는 중이며 인간은 수채를 통과하는 대하(大河) 속에서 더러운 찌꺼기처럼 반짝이리라. 그리고 이 모든 일은 역사나 철학(인간을 설거지하는 요즘 유행하는 방식)이 제 갈 길을 찾을 때 그렇게 했듯 의미와 의의와 중요성의 똥을 비둘기의 장 끝에 매달린 기관을 통해 공중에서 흩뿌리며 일어나는 것이 아니라, 벌레의 침이 짚 더미를 발효시키듯 일어난다. 그렇게 한 시집은 그저 우리가 알고 믿던 모든 것을 썩히는 두엄의 신, 발효의 질서, 창궐하는 전염병이다.

지은이 조연호
1969년 충남 천안에서 태어났다. 1994년 《한국일보》 신춘문예로 등단했다. 시집 『죽음에 이르는 계절』, 『저녁의 기원』, 『천문』, 『농경시』와 산문집 『행복한 난청』이 있다. 현대시작품상, 현대시학작품상을 수상했다.

암흑향 暗黑鄕

1판 1쇄 찍음 2014년 2월 14일
1판 1쇄 펴냄 2014년 2월 21일

지은이 조연호
발행인 박근섭, 박상준
편집인 장은수
펴낸곳 (주)민음사

출판등록 1966. 5. 19. (제16-490호)
서울특별시 강남구 도산대로1길 62(신사동)
강남출판문화센터 5층 (135-887)
대표전화 515-2000 / 팩시밀리 515-2007
www.minumsa.com

ISBN 978-89-374-0822-9 04810
978-89-374-0802-1 (세트)

이 책은 한국문화예술위원회가 시행하는 '2013 아르코문학창작기금' 지원을 받았습니다.

민음의 시

민음의 시
목록